撇捺人生

唐祯◎著

光明日报出版社

图书在版编目（CIP）数据

撇捺人生 / 唐祯著. -- 北京：光明日报出版社，2023.7

ISBN 978-7-5194-7392-1

Ⅰ.①撇… Ⅱ.①唐… Ⅲ.①散文集—中国—当代 Ⅳ.①I267

中国国家版本馆 CIP 数据核字（2023）第 145073 号

撇捺人生
PIENA RENSHENG

著　　者：唐　祯	
责任编辑：杜春荣	责任校对：房　蓉　李佳莹
封面设计：中联华文	责任印制：曹　净

出版发行：光明日报出版社
地　　址：北京市西城区永安路 106 号，100050
电　　话：010-63169890（咨询），010-63131930（邮购）
传　　真：010-63131930
网　　址：http://book.gmw.cn
E - mail：gmrbcbs@gmw.cn
法律顾问：北京市兰台律师事务所龚柳方律师
印　　刷：三河市华东印刷有限公司
装　　订：三河市华东印刷有限公司
本书如有破损、缺页、装订错误，请与本社联系调换，电话：010-63131930

开　　本：170mm×240mm	
字　　数：221 千字	印　　张：15.5
版　　次：2023 年 7 月第 1 版	印　　次：2023 年 7 月第 1 次印刷
书　　号：ISBN 978-7-5194-7392-1	
定　　价：78.00 元	

版权所有　　翻印必究

目录

（一）情缘谊深 **1**

长平回响 3

特殊缘分 6

同窗情谊 12

（二）思乡梦萦 **15**

浩庄乡味儿 17

我的大脚姥姥 29

阿牛轶事 40

悼友文 51

平凡的父亲 53

老家的白果树 58

石碾情怀 61

一棵树钥匙 65

（三）秀色揽怀 **67**

归山夜景图 69

踏 雪 ……………………………… 75
又见昙花 …………………………… 78
三晤昙花 …………………………… 82
乡村行之喜忧思 …………………… 86

（四）人性一瞥 91
新人性论 …………………………… 93
人性的未来 ………………………… 101
从烟火红尘中走来 ………………… 104

（五）勤业铭心 107
为长平人而歌 ……………………… 109
三代矿山情 ………………………… 111
国庆抒怀 …………………………… 115
长平骄子 …………………………… 118
爱心撑起一片天 …………………… 124

（六）佳丽掠影 131
翁佳娜现象 ………………………… 133
"醉人"翁佳娜 ……………………… 135
美哉，凌波仙子 …………………… 137
百灵街的传说 ……………………… 138

（七）思海浪花 139
毛泽东诗词脉络探析 ……………… 141
读《何谓文化》有感 ……………… 145
关于文字保护 ……………………… 151
走进网络文学 ……………………… 153

我看《丹源文学》 157
抖音的魅力 159
阳光透过灾难的天空 160
一座永久的丰碑 162

（八）诗韵园地 **165**

耕耘赋 167
泰戈尔之诗拾句 168
撇捺之歌 169
观壶口瀑布 171
知否知否 171
晓春（两首） 172
初　秋 172
秋的怀念 173
登鹳雀楼而感 174
捡荒媪 174
逆　雪 175
西江月·冬景 175
冬　雪 176
咏雪（三首） 177
如梦令·战疫魔 178
十六字令（三瘟叹） 178
叹文姬 179
靓　女 179
心　语 180
畅想曲 181
记录美好 182
微信群赋 183

予 你 184
你 如 186
忆同窗学友 187
我的挚友 188
奉心歌 190
派生歌 191
　启言 191
　喜至 191
　祈愿 192
"爱心巢"，我们的家 194
说养老 197
迎 亲 200
逆风前行的英雄 202
送别袁老 206
百灵鸟情话传说（二十首）............ 209
　百灵来栖 209
　玉兰花赋 210
　梦的锦囊 210
　靓影赞 212
　兮字歌 213
　中秋寄语 214
　之字歌 215
　钗头凤 216
　逐梦之路 216
　思想的翅膀 218
　告诉未来 220
　情殇 221
　问心 223

心岸 ……………………………………………… 223
向梦想奔跑 ……………………………………… 224
拥抱美好 ………………………………………… 225
相约漫记 ………………………………………… 226
丹河怀秋 ………………………………………… 227
记住一首歌 ……………………………………… 228
最纯的情话 ……………………………………… 229

人间最美是真情（后记） …………………………… 233

(一)
情缘谊深

(一)

消毒法

长平回响

一

在晨曦之中，伫立眺望太行山南麓余脉山峰的丹朱岭，在彤红的朝晖映衬下，雄姿嶙峋，连绵起伏，像一幅优美的图画，风情灵动。一条蜿蜒的丹河水流淌在长平大地上，仿佛弹奏出潺潺的音符，长流不息滋养着万物生灵。山涧的清风拂面而来，空气中散发着湿润而凉爽的气息。田野处漂浮着雾霭缕缕，泥土的芳香沁人心脾……陶醉在大自然的情景之中，使人心旷神怡。此时此刻，假如你是一位摄影师，你一定会在瞬间捕捉到这一美妙的镜头。我心灵由此一震，这不就是我无数次寻觅的美丽长平最形象的一个缩影吗？

长平——一个古老而亲切的名字。

长平——一个遥远而熟悉的身影。

长平——一个神奇而美丽的地方。

岁月沧桑在这里嵌刻下一道深深的烙印，两千多年前长平之战的风火硝烟已经渐渐消散，二十一世纪的曙光照亮了这片古老的土地，历史的天空掀开了崭新的一页，长平容颜焕发新姿。

从沉思遐想中再回眸这神奇之地，你看，那山水相连之处，映入眼帘的是一座现代化的矿井，巍然坐落在松柏苍翠的山峦脚下。四周峰回层叠，青黛相间，错落有致，有如在周围圈起了一道天然屏障，把矿区紧紧环抱在开阔的怀中。转眼凝视：矿区主井架昂然耸立，洗煤皮带长廊如舞龙般架设在山岭之间，环山公路盘旋而上把一矿两井好似纽带相连，调度楼、办公楼隔河相望，幢幢公寓宿舍点缀在丹河岸边，园区内绿树成荫、花草繁茂，停车场里轿车有序排列，职工餐厅飘逸出诱人的佳肴美味，一列运载着滚滚乌金的长龙鸣笛驰过……独特的地理环境造就了特有的矿区风貌，这就是我工作和奋斗的栖身之地、是我心中魂牵梦绕的心灵家园——美丽的长平，美丽的长平矿区。

二

铛、铛、铛——清晨的钟声敲响了，新的一天又启航了！

黎明的曙光才悄悄划破了天空，长平老区的通勤车早已笛鸣着点火启动了，满载着矿区各条战线的儿女们，朝着五十公里远的长平新区一路高歌而去。这仿佛就是晨曦中弹奏出的一支美丽的前奏曲。

老区连着新区，新区离不开老区。老区是"后方"，"后方"就是保障；新区是"前方"，"前方"就是战场。

"前方"——煤海深处：采煤机"轰轰"地旋转着翻滚出层层煤浪，综掘机"嗡嗡"地向前繁忙的开掘着进度。辅助运输：车流穿梭不息、皮带长廊"呼呼"不停地把乌黑的宝藏传送到高耸的选煤楼上进行着分筛洗选。矿区地面：值班领导时刻紧盯着当天的生产进度，各生产队组有序地组织下一班的班前例会，后勤部着手安排新一天的工作部署，远处外运铁轨上滚滚乌金正源源不断装入火车皮内……无论井上井下，处处呈现出一派蒸蒸日上的繁忙景象。新年新景象，这是新一届矿领导班子审时度势、调整思路、切中要害、果断决策而推出的一系列有效措施的结果，是长平公司在"新时代、新征程、新作为"发展规划中迈出的可喜的一步。全体员工满怀信心、全力以赴为长平公司经济效益更上一层楼贡献着自己的一分力量……这是在艰难、挫折中雄壮地奏响起的一支拼搏奋斗的工作曲。

"后方"——也同时在一个步调中忙碌着。物业、社区、保卫、退管等老区战线的工作一方面面临着改革，一方面仍时刻维系和保障着老区员工和家属的日常生活与安宁。供水供暖、跑冒滴漏要处理，家庭纠纷、邻里矛盾要调解，街道场所、环卫环保要清洁，文明秩序、小区治安要管理，退休生活、文化娱乐要活跃……这些交织着又仿佛是老区"后方"每日循环往复弹奏出的一支动听的生活交响曲。

还有多少个家庭的子女都奔赴在了长平新区，家中剩下了老人和孩子。那些曾经在工作岗位上退下来的老员工们不辞辛劳地担负起了看护孙子孙女的责任。有的每天首要的任务就是接送幼儿上学、回家，还要兼带买菜、做饭、做家务，默默地为子孙们辛勤付出着。有的小辈们在新区井下岗位作业，老人们总是时刻担心着他们的生产与安危，常常嘱托要注意安全，警钟长鸣。有的家庭生活负担大，长辈们还要拿出自己的积蓄来补贴子女，尽量解除孩子们的后顾之忧，以便全身心地投入到生产工作中去。还有些退休员工曾经是老劳模、老骨干，他们经常利用闲暇时间给子女们讲述过去那些好的传统和作风，教育子女们爱岗敬业、无私奉献，在潜移默化中起到了良好的风范……这又是谱写出的一支温馨的家庭协奏曲。

美丽的前奏曲、奋斗的工作曲、动听的生活交响曲、温馨的家庭协奏曲合奏成了一部高亢、振奋、欢乐、和谐的长平奏鸣曲。这昂扬的旋律伴随着长平公司"奋进新时代，建功新征程"的前进步伐，沐浴着灿烂的阳光，持续回响在长平的大地上……

特 殊 缘 分

一、初识王民杰

  人世间有许多事总是阴差阳错。人与人交往，有时候也是这样，对面相逢不相识，重逢只因缘而来。王民杰是高平什善人，与我岳父母是同一个村，三十多年来，我每年都要往岳父母家跑好多趟，但一直无缘与他相识。初识王民杰是在今年，算是文友，以文结缘。

  其中缘由也很简单。几年前我"堂而皇之"把自己多年辛勤劳作筛选出的部分作品出版了一本文学专辑《风情长平》。我连襟家的孩子俊峰平时也爱读书，他知道后也想看，我就送了他一本。有一次俊峰和我说："姨夫，我有个远房亲戚叫民杰，是个残疾人，就是什善村的，也爱好文学，在高平当地刊物经常发表文章，已是小有名气。我的手机微信里有他两篇文章，给你发过去看看。"我说："好啊，发过来欣赏欣赏。"这两篇文章，一篇叫《父亲那把自制的二胡》，一篇叫《心恋》。我反复看了几遍，真是爱不释手。没想到这两篇文章感情真挚，文笔优美，深深吸引了我。文中写景状物，灵活灵现；乡情乡味，跃然纸上；生活气息，犹在眼前。看得出他还是有一定文学功底的。我闲暇时就翻出来看看，愈看愈喜爱。心想再次回岳父母家时，一定要见见他。可天公不作美，好几次回去都因事匆忙未能得见。其间受他那篇《心恋》文章的感染，也勾起了我的思乡之情。后来就"诞生"了我那篇思念故乡的文章《浩庄乡味儿》，中间部分段落还引用了他一两处。《浩庄乡味儿》后被收入长平公司退管中心编撰的文学专辑《醉美夕阳》一书中。

今年又逢阴历六月初六，岳父母家一年一度的庙会赶集又到了。除非偶遇特殊大事，这一天我是非回不可的。家里亲戚朋友，老老少少，欢聚一堂，热热闹闹；赶集看戏，喝酒畅饮，家长里短，莫须多叙。单说我这次来赶集因多住两日，初七上午无事，心中油然勾起想见见王民杰的念头。我把外甥俊峰叫到跟前说："咱们去见见民杰吧？顺便给他带本书。"俊峰不假思索说道："好的，好的，咱们平时上班都顾不上，这次正好都在。咱们现在就去。"

于是，我拿了本包好的书，跟着外甥过了大街，拐进一个闹阓，又折过一条小街，俊峰指了指前面说："到了。"我抬眼一看，路旁一座三间青砖小屋，虽有些低矮简陋，还能看得出新修不久。恍似有些熟悉，只是以前不知主人是谁？我们刚到屋前，人还未进门，俊峰就喊上了："舅老爷，在家里忙甚？看谁见你来了。"只听见里边有人应了一声。我们进入小屋，没想到眼前的这位主人公比我曾经想象得还要诧异。你看他：身材瘦弱，个子不高，顶谢发虚，衣着简朴，移步迟缓，腿脚不好。真是应了那句古语：人不可貌相，海水不可斗量也。谁能想象到他能写出那样一手真挚动人的好文章，老天却给了他一副残疾的身躯和这样的容颜。上天不公啊！

他见我俩已进门，用手撑着身体吃力地从座凳上站立起来招呼我俩。我赶紧扶他坐下，俊峰就把我们彼此的关系相互介绍了一番。我说："早已看过你的文章，我们已是'老朋友'了。"他很是热情的样子，感觉又不知如何接待我这位不速之客，连声说道："是啊是啊，俊峰早就提起过你，我这里条件很简陋，你多担待。"也许是心灵感应，我们彼此有似曾相识之感，只是未曾谋面罢了，俩人很快就共同的爱好攀谈起来。

他说话吐字不太利落，但从他的语气中分明感觉到有一种对生活的自信、坚忍和乐观。我们从《父亲自制的那把二胡》《心恋》谈到《浩庄乡味儿》以及《醉美夕阳》，从《丹源文学》谈到《高平文学作品选》，从文学爱好谈到创作体会，从个人的生活状况谈到现行社会变革等。时间仿佛过得比平常都快，一晃就到中午了。他兴致勃勃仍显意犹未尽之意，我也颇有相见恨晚之感。借在兴头，我便提出借他几本曾发表在《丹源文学》刊物上的作品看看，他一副很乐意的样子，旋即起身就要去里屋给我找刊物。他腿脚不太灵活，迈步显得很吃力，他扶着墙边，蹒跚地往前走。

　　这个时候，我才仔细打量了一下他的小屋。坐北向南，靠东一间与靠西两间用砖墙分隔开，东一间里有一张单人木床，靠窗户摆一张旧桌，上有一个煤气灶用来做饭，旁边是一些锅碗瓢盆之类用具和米面蔬菜之类杂物。西两间是经营一些烟酒杂食类的，陈设很简陋。两个透明玻璃柜台内是塑料包装的吃食类，数量很少。柜台上靠墙摆着几样低价香烟，窗户旁支一张破旧的折叠圆桌，可能供一些闲人憩坐和玩麻将之类，仅此而已。我不禁问他："你柜台里的货太少了，为什么不多进点呢？"他解释说："村小人少，买东西的人不多，进太多货也卖不了，现在农村里的年轻人都外出打工了，剩下的老人谁舍得花钱买东西？"从他这一番话里听得出，他这个小卖铺每天的经营收入可见之微。不过，又听他说，还是现在政策比较好，政府把他立为救助对象，过年过节能得到集体的救济，他前几年盖这个三间小屋的时候，就是集体给他补贴了一半费用呢。

　　这时，他已走到东边一间小屋，想弯腰到那张单人床下找东西，腿脚又似乎支撑不住。我说："还是我来吧。"我顺手撩起床边耷拉的床单，床下堆放着许多杂物，看上去没有一件像样的物品。他指着一个落满灰尘又潮又破旧的纸箱子说："就是它，你拖出来吧。"我打开这个不大的旧纸箱，里面零乱地堆了一些书刊，那些书的封面都有着一层油腻和污迹。我按他指点的刊物拿出了四五本，然后又把旧纸箱稳妥地放在原处。我扶着他回到了西边的两间大屋。他说前两年翻修房子，东西搬来搬去，连书也弄成了这样。

　　他的生活状况如此简朴，我心中略生酸楚之感，间或有一种怜悯和同情。不由得叹息，人与人的生活差别竟是如此不同。他也许不屑于我此时此刻的感受。我思绪略顿，无以名状地翻阅起了刊物里他发表的那些带着些许沧桑、凝重、深沉、挚爱而又鲜活的文字……

俊峰不知几时趁我们交流之机悄悄溜走了。一会儿他打来手机，说要我回去吃午饭。这时，民杰带着一点歉意的表情而又不乏诙谐的口气说："不好意思啊，我是一人吃饱全家不饿，不能留你了。"这时我才意识到他现在年过半百还是孑然一身，每顿饭都得亲自侍弄才能填饱肚子。可见生活对他总是严苛的，老天爷每天都在考验着他面对生活的耐性和毅力。临走时我把自己的作品集送给了他，并请他看后多提宝贵建议。他连连点头说："一定拜读！一定拜读！"

这就是我初次相识的王民杰，共同的爱好和追求使我们走到了一起。但是，看到真实生活中的王民杰，我的内心深深地感到触动。在我们的生活周围，有许多的残疾人，他们虽然身体残疾，但内心却和正常人一样。他们也有喜怒哀乐，也有比常人不屈的生活追求。但他们的条件却成了劣势，往往他们的付出不被认可，他们的苦痛都被漠视。同龄人过上了该有的生活，自己却无人问津，仿佛与大家并不生活在同一个世界。他们在煎熬着无奈的生活。这就是世俗中的人们往往过多地关注事物表面现象而忽视了它的本质。他们在生活的煎熬中不愿向命运妥协，克服比常人难以想象的困难，以谋求一技之长，期望生活能够自理，能过上正常人的生活。尤其他们中的那些佼佼者，他们的内心是强大的，是自信的，是非凡的，人生也必定是辉煌的、传奇的，我们怎能不为这些人坚强不屈的精神投以赞许的目光呢？

王民杰就是这样的人。正如他所说的那样："我是个残疾人，生长于丹朱岭下的一个小村庄，没见过什么大世面，只是个初中毕业生。但却不知天高地厚地喜欢上了文学，而且这一喜欢就是三十年，这三十年也让我饱尝了人生的酸甜苦辣。"无论生活怎样艰难，他都没有放弃对文学的爱好，因为他对文学的挚爱，并享受着文学给他带来的快乐，让他忘掉了生活中的烦恼。文学给他的生命注入了新鲜的活力。

他曾在自己QQ的个性签名中这样写道："坚守寂寞，享受孤独，将无奈进行到底！"他说："这虽不能说是我的座右铭，更不能算是我的人生格言，但最起码能看出我的生活态度。也许我这一生注定要孤孤单单走一程,但只要选择了信念,无论它多么艰难、多么坎坷,我都会将那些生活的无奈化作快乐去坚持、承受。"这就是我认识的身残志坚、笃行无二的王民杰。

王民杰已是高平市作协会员,在《丹源文学》发表过小说、散文、诗歌等多篇作品,像小说《老懂》、散文《一双未纳完的鞋底》等都是优秀之作。他在激情的歌唱、生命的颤抖、音韵的旋律中成就了作品的美质和品格。他的作品中的确有一些传统名篇的遗风和踪迹,这是最为难能可贵的。因此,他的文章经常受到编者的褒奖和赞赏,诸如"文创表率""文学天使""心灵的重塑者"等,可谓是高平文坛冉冉升起的一颗耀眼的新星。

我为结识王民杰深感甚喜,也祝愿他今后在文学的道路上越走越远,写出更多更好的佳作来。

二、莫大的遗憾

戊戌年的冬天格外冷,进入十一月,又传来一个噩耗:王民杰走了——永远离开了这个世界。我听到这个消息非常震惊!让我简直不敢相信,一股冰凉袭上我的心头。还是盛夏六月去什善村赶集时初识王民杰的,当时并没有觉察出他身患疾病的症状,才短短的几个月时间,就变故这么大。听说他得的是肝癌,住了一个月医院,病魔就无情地夺走了他的生命。初识王民杰,给我留下了极深的印象。他既热情又友善,我们彼此心心相印,倾腹而谈,有一种一见如故之感。他虽是个残疾人,但他酷爱文学,是文学点燃了他生活的希望之火。他拖着残疾的躯体,用顽强的毅力克服常人难于克服的困难,写出了很多脍炙人口的佳作,丰富了我们的精神生活。他心中还想着构思很多很多东西,奉献更多的精神食粮……可是他却似一颗稍纵即逝的流星倏然而去,永远离开了我们。没想到,那第一次与他相见却成了唯一的一次相见,也是最后的一次诀别。这是人生最大的无奈!莫大的遗憾!我顿生世事无常、人生无常之感。

他走过了五十三年的人生里程,他用顽强和坚毅谱写了一曲凄婉而慷慨的人生之歌。也许他解脱了尘世的繁杂,回归到了一个自然的王国。他在有生之年完成了他应该完成的事，顺应自然之道，方可安息了。这也是后来同仁者最期望得到的心灵慰藉。

呜呼哀哉！谨以此文代祭，愿君一路走好！

同 窗 情 谊

　　在这个春暖花开的季节，我们相聚在一起。同一片天，同一片地，最难忘同乡同窗同学谊，光屁股长大，童真无忌，今生最珍惜！

　　缘分让我们成为同窗学友，多少年相隔，是网络伸出了一双温暖的手，把我们从东南西北拉进了同学群。叙叙往日情，说说俏皮话，聊聊开心事，有空常聚聚，一下缩短了相互间的距离。

　　今日相逢，也许他没来，也许还少你，但每一个人都不会忘记。来日方长，我们还能相聚。掰掰指头点点数，有些已经告别了人生，过早的离去。生者当珍惜，我们是幸运者，我们是上天的眷顾者。

　　时光流逝，岁月如歌。忆往昔，恰同学少年，风华正茂，同窗共读，书声琅琅，校园嬉戏，笑语欢歌，那些难忘而欢快的时光匆匆而去，又仿佛历历在眼前。我们在一起不仅完成了学业，更结下了最纯真的友谊……

　　在这个难得的时刻，话千言，难述一片衷心；言万语，表不尽思念之情。当我们尝尽人生的酸甜苦乐，经历了世事沧桑的浮沉之后，追忆少年时代的生活如同一杯陈年老酒，又似一首饱含深情的老歌，醇香、悠远而绵长。同学之间的情谊是一份割舍不断的情，牵扯不断的藤，心里永远有说不完的话，叙不完的旧。我们曾经一起学习，一起调皮，一起从青涩少年长到成年，历经无数个风霜雨雪，冬夏春秋，孕育了最真最纯的同学情！

　　在人生的旅途上，我们都有了不同的收获。你也许是事业的成功者，也许是公司的大老板，也许是工作中的佼佼者，也许是家庭的顶梁柱，也许是人人称赞的贤妻良母……

　　由于生活的忙碌，我们有时疏于联络，可我们之间的情谊永远没变。

无论你我身居何处，我们彼此间的思念和默默的祝福从未间断。

虽然我们的白发已爬添上了头，但情如故，心依旧。在这个相聚的时刻，让我们开心的畅谈，肆意的玩闹，尽情享受这难忘而欢乐的时光……

相聚总是短暂的，禁不住的喜悦之情，又难掩心中隐隐的酸楚。当我们分手的时候，依依惜别之情又萦绕在心头。拽不住时光匆忙的脚步，拦不住西山日落的归路，让我们彼此道声珍重，送上衷心的祝愿：祝大家在今后的日子里，笑口常开，童心常在，事事如意，健康长寿！愿岁月不老，我们再聚首！

（二）
思乡梦萦

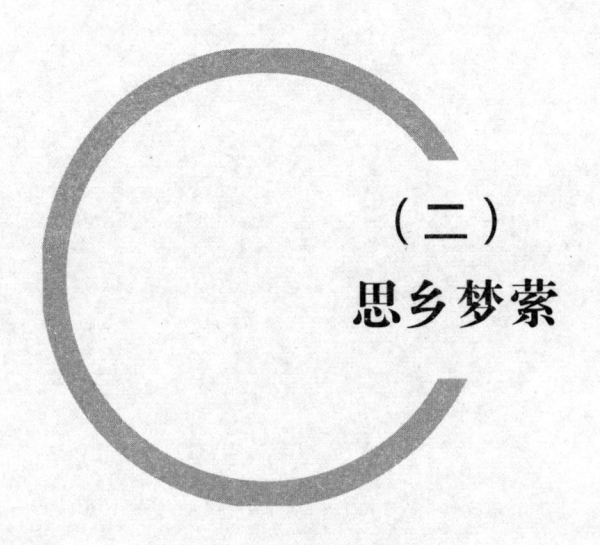

浩庄乡味儿

一

是谁悄悄闯入我的梦境
是谁常常把我的思绪撩动
是谁渴望我打开紧闭的窗棂
啊，故乡！我可爱的故乡！
不是我难于启齿
不是我羞于作答
村边那两株古银杏可为我作证
我把爱恋深深地埋藏在心底
只想把对故乡的情，酿造的更醇更香
我来了，久违的故乡！

　　我循着曾经熟悉的足迹，嗅着一股特有的泥土的清香，踏进了我魂牵梦萦的可爱的故乡——浩庄。饮一口甘甜的清泉水，吃一碗黄灿灿的小米饭，望一眼袅袅升腾的炊烟，听一曲河滩溪流淙淙汩鸣……总有丝丝缕缕的情思割扯不断，这里的一山一水、一草一木、一街一巷都凝结着难于述尽的情怀和思念。
　　在巍峨的太行山的崇山峻岭之中，大自然鬼斧神工般造就了许多平坦而又连绵起伏的丘陵。浩庄就处在晋东南高平地域的丘陵地带。这一带有

《精卫填海》的神话传说，有先祖神农尝百草、播五谷的遗迹，有尧封丹朱的历史典故，有两千多年前震惊古今的长平之战……这些远古传说和历史遗迹已成为光耀当地的人文符号。我且不说这些久远的传闻故事，可把视线缩放在我生于斯、长于斯、爱于斯的浩庄这片沃土上。

二

站在村外东岭之上，放眼西望，便可尽览整个村庄全貌。浩庄的地理环境可以说是得天独厚，整个村落坐西向东，依山傍水，背靠一座独特的小山坳，名曰虎头山。虎头山南头北尾，昂首伏卧，气势威武，像一道天然屏障护佑着山脚下的百姓人家。虎头山山势平缓，呈"皿"字形轮廓，整体并不与其他山峰相连，大有独立群雄之状。远看山后，山峦起伏，层层叠叠，黛色朦胧，越发衬托出虎头山巍屹雄壮。相传虎头山原有茂密的山林，汩汩的泉水涌流，莺歌燕舞，鸟语花香，吸引着美丽的凤凰来此栖息。后来不知何时，有人在山头大量开山采石，破坏了风水脉气，使山上的泉水断流，凤凰远飞，留下了一段千古佳话。

虎头山下地势平坦开阔，自南向北散落着近千户人家，一条大路从村中穿过，这也是通向乡镇的唯一通道，自古以来成为过往北乡的交通枢纽。进入21世纪以来，随着经济的快速发展，一条宽敞的二级公路沿村边逶迤而过，直达相邻县市，使村中原有的老路少了几分往日的喧嚣。村东外一条宽阔的河床上铺垫着大大小小的鹅卵石，由北向南流淌着汩汩的河水，长年不息滋养着这里的万物生灵。

不同于城里繁华的都市，乡村一年四季的美丽别有一番风味儿。阳春三月，虎头山上的桃花、杏花开的漫山遍野，洁白的、粉嫩的，娇媚鲜艳，装扮着春的容颜。三月过后，那忽如一夜春风来，千树万树雪白飘逸的梨花，一簇簇、一片片争奇斗艳；微风吹拂，似蝶飞蜂舞，空气中弥漫着春的气息。天气回暖，四处的油菜花金澄澄、黄灿灿，极目远望，色彩斑斓，蔚为壮观。麦苗开始返青，大地绿油油像铺上了一块块松软的地毯，使田野增添了靓丽的景色。随着季节的变换，样样庄稼在农家人的辛勤劳作中茁壮的成长。风调了，雨顺了，瓜果飘香，五谷丰登，一派丰收在望的喜气景象。冬季来临，雪花纷飞，冰封河冻，山川天地，银装素裹，北国风光在尽情演绎着上苍冬日恩赐的无限洁美和新意。

浩庄，我美丽的故乡。这里气候适宜，四季分明，肥沃土壤，蓄收滋养。黄土地，黄肤色，祖祖辈辈唱着一首不老的歌。舍不去的是家，丢不下的是人，一方水土养育着浩庄的子子孙孙。

三

浩庄村在周围几十里内也算是个数一数二的大村落。村东、村南、村西、村北各建有一阁，现留有较完整的还有两阁，阁中已无供物。村东北有一处释方庙（也称"十阎君庙"），现遗有十几间房屋，其他无存。据相关资料记载，1938年4月底，中共高平县委在陵川平城镇成立后，以八路军民运工作团名义返回高平开展工作，县委地址就设在浩庄村释方庙。现庙院中长有两株几人合抱粗的银杏树并肩而立，一高一低，像一对亲密相拥的恩爱夫妻。村南边原有一座咽喉庙，老人们俗称"南庙"。相传在周边的县乡地区也只有两三处建有此庙。古时上党地区民间乐户艺人敬奉的祖师爷是咽喉神，咽喉神的诞辰日是腊月初八，乐户艺人在这一天都要到咽喉庙进行祭祀。浩庄的咽喉庙由于年久失修，至20世纪90年代村里规划改造时全部拆毁，现已难觅踪影。另外，村东南原有一处三官庙，据说规模庞大，现已荡然无存，只是在原址上偶尔能见到残留的一些痕迹。要说村中保存最完好的古迹就是玉皇圣庙了。

玉皇圣庙有千百年历史，详细建于何时，庙碑记载也不知源流，修缮、增补几次却有唐、清年代的勒刻印迹。庙围占地三千多平方米，为典型的宫殿式建筑，坐北朝南，布局严谨，气势恢宏，雄伟壮观。庙前有高台石门昂然耸立。庙门呈楼式结构，朱漆木门上方镂刻有"玉皇圣庙"四个大字，遒劲刚健，熠熠生辉。门楼上部朝内为观音菩萨殿，左右搭配侧楼，浑然一体。庙中分前后两院：前院正中为中厅殿，东侧为关帝殿，西侧为龙王殿、昭泽王殿。后院则比较宽阔亮敞，东西两厢各有石柱回廊，东厢房六间供奉为牛马王殿、大王殿，西厢房六间供奉为奶奶殿。后部中间高台之上为金碧辉煌的玉皇殿，大殿两侧各置四间，东为老君殿，西为蚕姑殿。玉皇圣庙整体建筑规模宏伟，庄严肃穆。不过，20世纪60年代整座庙宇全部改为学校，供村中子弟上小学、初中读书之用，现已由集体组织重新修缮恢复了原貌，每天吸引着那些善男信女们到此烧香拜神，祈愿保佑。

玉皇圣庙外有个宽阔的广场，广场对面有一座风格别致的戏楼。当地流传着一首顺口溜：张壁井，石村楼，任家庄上大石头，浩庄有个好戏楼。可惜在20世纪90年代新农村改造时期拆掉了旧戏楼，重新修起的是现代建筑风格的新戏台。那古典端庄、别具特色的旧戏楼随着时代的变迁只能留存在人们的记忆中了。

浩庄有个特殊的日子绝非寻常，那就是每年的农历七月初五。因为这一天是浩庄村的庙会暨物质交流大会之日。

说起庙会，其实就是古代流传下来一些神庙祭拜神灵的日子。每年到了农历的七月初五这一天，浩庄仍然传承着一种古老的习俗，为神庙的"老爷"举行隆重的祭拜仪式，杀猪、宰羊、唱大戏，以求保佑一方风调雨顺，五谷丰登。当然，说起这神庙的"老爷"像，还有一段鲜为人知的故事发生在这里。

原来在浩庄的玉皇圣庙里供奉着一尊"昭泽王老爷"，浩庄人把"昭泽王老爷"俗称为"蕉籽王老爷"。这位"蕉籽王老爷"却有一番不同寻常的来历。

据说很久以前，"蕉籽王老爷"原本是外村的一个中年汉子，他种庄稼与别人不同，有时宽垄密植，有时垄行不分，有时一块地套种多种农作物，有时整块地又单种一类，隔年不重样，总是无定数。有一年正遇天旱，他来浩庄老舅家帮助栽种高粱（当地人把高粱称为蕉籽）。在耧种的时候，他在一块地的四个角各留了一棵，地中间也留了一棵。后来老舅知道后还训斥了他一顿。结果收秋的时节，别人家都因密植密种而又遇到天旱，庄稼大部分枯死，甚至有的颗粒无收。唯独他老舅家地里留的五棵高粱长得硕大无比获得了丰收。此事一传十、十传百，说得神乎其神。后来大家都向他学习，根据节令和天气变化的因素因地制宜种植庄稼，都不同程度地收到了好的效果。在他逝世后，人们为了纪念他，把他尊封为"蕉籽王老爷"。人们每遇到天旱无雨或者收成不好的时候，就自发地到神庙来祈拜他，以求保佑大家风调雨顺，心想事成。也怪，从此在七月初五这天前后，天公总要布施雷雨，或大或小，或多或少，使饥渴的庄稼及时得到了缓解。这样年复一年，老百姓越来越迷信神灵的存在。

在20世纪60年代后期，受当时政治风暴的影响，"破四旧、立四新"的浪潮席卷了全国各地，许多建筑被拆，神庙被毁，神像更是难逃一劫。就在浩庄村的老百姓一度还在狂潮之中的时候，原来的神像倒的倒，毁的毁，一片狼藉。唯独不见"蕉籽王老爷"的身影。后来听说邻村的几个人趁夜深人静之时把神像悄悄转移到了他乡。面对当时神庙被席卷后的残垣断壁，"蕉籽王老爷"神像能丝毫无损、幸免于难，对于那些信服神灵的人来说，邻村的几个人也算是立了大功的。

老人们都说，神庙祭拜之日起三日之内必有透雨。如果没有下雨，就会说再等三天；三天过后还没有就再等三天。反正人们这三寸不烂之舌尽在一摇一鼓之间左右演绎，不知"蕉籽王老爷"做何感想。不过对于"蕉籽王老爷"来说倒也无妨，浩庄老百姓也不和"蕉籽王老爷"一般见识，七月初五庙会之日无论是天旱或者天涝，庙里照样是香火不断、唱戏不停。反正是烧香放鞭一股灰，杀猪宰羊不吃亏。

庙会的戏要唱好几天。当舞台开演铃声一响，台下已是人头攒动。老人们喜欢听"上党梆子、落子"，他们尽情享受着那熟悉的、高亢的韵调和铿锵的、独特的优美乐律；那些不安分的年轻人没有几个能投入"戏情"里，在舞台场中窜来窜去，偷情择友，寻欢作乐；孩子们手里拿着各式零食一边往嘴里塞一边穿插在人群里面嬉戏打闹着……

邻村的人们一到这个日子就会从四面八方匆匆赶来，男人们聚集在一起烟酒打开、好菜摆开，吞云吐雾自在逍遥，穿肉林、趟酒海各显神通。等他们走在大街上，一个个早已是醉眼惺忪，醉步挪摇，见了熟人称兄道弟，唾沫四溅，海阔天空，倾吐相见恨晚之感。俏丽佳妇们则炫耀着她们的靓丽之彩，十多厘米的鞋跟似乎更不怕发烫的路面，摆着电视上模特走秀般的猫步轻轻地击打着路面发出极富节奏的韵律；那飘逸的长发在火热的阳光照射下闪着迷人的光芒；那透明度极高、显山露水的漂亮时装让她们赚足了人们的回头率。她们似乎装着购物的样子在街心悠来晃去尽情展示着她们的窈窕、婀娜的身姿，就连正在"看戏"的神灵老爷们也会忍不住偷偷瞄上几眼。

当你站在庙会的一角去感受这里淳朴而厚重的风土人情的同时，不难发现这里已经发生了巨大的变化。那宽敞整洁的街道两边停放的各色轿车和街道附近拔地而起的高楼以及楼顶那一块块太阳能热板，还有漂亮的托儿所、学校、医疗所、文化广场、篮球场、各种健身器材等无不体现着浩庄乡亲的富裕与文明。

是的，故乡的路在变、街道在变、老百姓的生活也在变。唯独不变的是老百姓对七月初五这个特殊之日的那种孜孜不倦、情有独钟的心。诚然，在科技高速发展的今天，浩庄的老百姓并不是顽冥不化。七月初五庙会，时至今日盛传不衰，在浩庄人心中远远超出了拜神求雨的意义。这种既是宗教的又是世俗的，古老而又新鲜的社会文化现象，也体现着浩庄老百姓长期积淀形成的思想意识、价值观念、行为方式和心理态势。它作为一种传统、一种风俗如同非物质文化已深深地植根于浩庄老百姓的心中，给他们留下了难以忘怀的眷恋，永远、永远……

四

浩庄的浩，在外人读起来为 hào，实际在浩庄村方圆几十里范围都知道读 gǎo，但是字典里没有这个读音。根据老一辈人讲，自古以来先人流传下来的浩庄的"gǎo"就是这个读音，历代修撰各种字典、词典时，没有收录进这个读音，这是修撰者的失误所致。浩庄的子子孙孙没有一个人愿意让别人把 gǎo 读成 hào，那样好像是对祖宗的一种亵渎。都希望当地有关部门或者国家从事文字工作的人员能够予以考证和甄别，还 gǎo 字之本来面目。

以上是一种说法，另外还有一种说法（也有可能是后人杜撰）相传很久很久以前，有户姓郜的人家，出了个很有学问的人，后来受皇上的重用提拔为朝廷的大臣，把这一带封为他的领地，叫郜庄。他派人叫派工匠在此修建楼阁、庙宇，规模庞大气派，逐渐使郜庄成为当地一个文化、通商、交通的重要之地。谁料天有不测风云，人有旦夕祸福。姓郜的大臣受佞人所害，被诬陷为谋反朝廷罪名予以斩草除根并株连九族。厄运从天而降，姓郜的家族死的死，逃的逃，凄惨至极。全村几乎变为一片瓦砾废墟之地。后来不知过了多少年，许多外姓人家逐渐在此定居，才慢慢繁荣昌盛起来。

村里发展起来的主要有这样几大姓氏：东街的唐氏、袁氏，西街的张氏、陈氏，中街的姬氏、高氏，北街西沟的王氏、牛氏、胡氏，另外还有一些零散的栗、魏、赵、郄、崔、侯、凌、梁、吴、刘、李氏等。有人突发奇想，把姓氏编了几句顺口溜：高梁魏吴姬（高粱喂乌鸡），张侯崔刘李（獐猴吹琉璃），陈王凌唐袁（陈王陵汤圆），郄牛赵胡栗（犀牛遭狐狸）。这真是既生动又有趣。

由于发生了以上变故，村里的人都嫌郜字忌讳，就推举各大家族有名望的人聚在一起商讨。有人就提议用浩（gǎo）字来代替郜，其意义有家族众多、兴旺昌盛之意。又因浩字为一字双音，皆有浩大、浩博、浩荡、浩瀚、浩渺、浩气、浩然之意，所以大家一致赞成将"郜庄"改为浩庄，一直沿用至今。

如今先古传说离我们似乎遥远了些，虽说自从浩庄村变迁后再没有听说出过什么名人轶事，但是近代抗日英雄的事迹却是风闻不断。当时，抗日烽火烧到了太行山区，浩庄村有两个亲兄弟，一个叫培东，一个叫培西。两人血气方刚，骁勇无比，他们恨透了日本鬼子的残酷暴行，积极参加了"牺盟会"，后又加入"八路军"。在战火硝烟的年代，他们出生入死，英勇善战，多次荣立赫赫战功，后来双双在部队提拔荣升，跟随大军南征北战，立下了汗马功劳。他们遂成了浩庄人口口相传并引以为豪的英雄。但是，在抗日战争年代，浩庄村还有很多优秀子弟在共产党领导下同日本鬼子浴血奋战，血洒疆场，献出了自己宝贵的生命。"民国"三十五年（1946年），地方政府部门在村北北阁外专门为死难烈士勒刻姓氏建碑立传，旌表功德，永志纪念。现存石碑完好无损。

后来一些老人忆起那段痛彻心扉的往事，口中还能断断续续哼出桂涛声和冼星海创作的那首激昂、振奋的《在太行山上》的抗战歌曲，余韵久久回荡在脑际。

另据《高平市志》记载，解放战争时期，浩庄村的崔财旺、王培贞、王培清、王振业等人曾参加解放军"长江支队"南下干部团，为组建地方政权做出了突出的贡献。他们把一段血与火的历史、一腔正义与奉献的情怀牢牢地嵌在了福建八闽的山山水水。他们的光荣业绩也曾使后人常常称道。

中华人民共和国成立后，浩庄村发生了翻天覆地的变化，在建设新农村方面也是走在了最前面。人民公社化时期，浩庄出了一位女支书卫梅花，在政府的领导下，带领大家修梯田、造水库、搞改良、闯新路，为改变旧山河、建设新农村做出了榜样。她曾荣获省劳动模范、全国"三八红旗手"称号。当时"学西沟赶超申纪兰，学大寨紧追陈永贵"也曾是浩庄村立下的宏愿。20世纪末、21世纪初，浩庄村经过几十年的发展，家家不仅过上了好日子，而且新风貌、新风尚蔚然成风，形成了许多好的优良传统。尊老爱幼、男女平等、注重道德、弘扬正气都成为浩庄村的良好风范。

清初诗人赵翼的诗句说得好："江山代有才人出，各领风骚数百年。"多年来，从浩庄村走出去的人都在各条战线上发挥着重要的作用。从政府部门到厂矿企业、从公安交警到医疗战线、从科研开发到建筑安装、从交通运输到教育机构、从承包经营到农民合同工、从山区到平原、从内地到边疆、从国内到国外……各行各业处处都活跃着浩庄的骄子。新世纪，新信息，使浩庄人的窗户更敞亮了，眼界更开阔了，精神更抖擞了，梦想更远大了……

五

一方水土养一方人。浩庄给我印记最深的就是那经久不绝的乡音。贺知章的"少小离家老大回，乡音无改鬓毛衰，儿童相见不相识，笑问客从何处来"诗句就是最好的诠释。人们把多年在外奔波的人习惯上称为"游子"，只因为他身上从小就烙印着的乡音、乡味儿和那种落叶归根的浓浓的乡情。很多人在外工作多少年，到老改变不了的就是乡音。有些人努力想改掉也自以为改掉了原来的土味儿，殊不知说出的话一半土一半洋，使人听起来极不入耳。这叫戴草帽穿西装——土不土来洋不洋。走出本乡的人在外说本乡的话感觉显得土，可很多本乡的浩庄人都认为普通话就是在当地祖先土话的基础上发展起来的，感觉荣耀得很。

不同的方言、乡音形成了不同的乡味儿。区域不同，乡味儿也略有不同。浩庄相邻的有些村如陈区、西山、云泉等村说话的口音就有许多的变异。随着地域范围的扩大，如建宁、米山、高平城区等地方，口音的变异就越来越大。这种现象据说是远古时代因受当地山区地理环境影响而自然形成了许多小部落，这些小部落又长期各自为政。正所谓"五里不同音，十里不同俗"就是这个道理。

浩庄话不像高平城区话那样"儿"化音重，但也有一些是带"儿"化音的。譬如说"这个地方""那个地方"，浩庄人会说成"der"（德儿）、"ner"（那儿）。传说以前有个外地人到浩庄村找亲友，打听某某人在不在，有人回答说"十日九不出"，即十天有九天都不出门，意思就是在"der"。如回答是"入山见大虫"，即到山里看大虫，肯定是到那个地方去了，意思就是在"ner"。后来在高平周边地区就这样流传了下来。"十日九不出"念"der"，字体结构为"十日九"三个字从上到下排列，"不出"二字从上到下坐在"九"字拉长的那笔弯钩里；"入山见大虫"念"ner"，字体结构造型如出一辙。这两个造字在字典里找不到。

当然还有一些是嘴里能说出而用文字无法表达的，或者是骂人的话，在这里为文明起见不方便写出的还有很多，五花八门，应有尽有。

浩庄的语言文化说起来也是丰富多彩的，当然也不便提倡。随着经济的发展，文化的交流，走出去的浩庄人用浓重的乡音确实与人沟通起来比较困难，还是逐步使用普通话更方便。我们应该用更广阔的思维和深邃的目光来看待和迎接这个瞬息万变的世界。

诚然，人的情感有时候说不清、道不明。有很多事、很多物的触动就会成为人的情感生发的因素。出差在外偶遇到一个乡亲，一听是乡音方言就倍感亲切，很快就能拉近两个人的距离，这就是乡情、乡味儿的魅力。"月是故乡明""人是故乡亲"，故乡勾起了多少游子的思念，激起了多少文人墨客的情愫……

六

浩庄的地理山川、历史沿革、风土人情、方言俚语、世事变迁无时不装在我记忆的脑海中。特别是儿时的所见所闻、所经所感以及对故乡的眷恋之情在幼小的心灵里烙得最深、酿得最浓。有人哀叹童年的艰辛与不幸，有人抱怨少时的辛酸与无奈，除了那种因社会环境和家庭情况等客观因素造成的极少数不幸遭遇外，大多数人对美好童年的回忆都不因物质和条件的匮乏而影响。

如果说母亲孕育了我生命的个体，那么故乡就是养育我茁壮成长的温暖的土地。我出生在20世纪60年代，虽然说当时国家还处在国民经济恢复和建设时期，但沐浴着社会主义大家庭的温暖阳光，享受着"生在新中国，长在红旗下"的和平岁月。那记忆犹新的美好时光，总是与那些天真、无邪、欢快、浪漫的"雪屁股①"小伙伴们不能分隔。没有相互恶意的猜忌、没有高低贵贱之分、没有勾心斗角之争、更没有尔虞我诈，有的是一颗纯真的童心。那时的生活极富乐趣：暖暖的春日去河边捉小鱼、移树苗，炎炎的夏日去池塘里浮水，凉爽的秋日邀几个小伙伴去野地里挖野菜、拔猪草、打酸枣，银装素裹的冬日里在一起打雪仗、滚雪球……还有玩游戏、捉迷藏、瞧大戏、唱童谣、喷故事、闹社火、过大年，样样都是趣味儿十足，连梦境里装的也全是开心和欢笑。当然有时候也在一起斗嘴吵架，有些调皮的小伙伴总是让大人操心，"三天不打，上房揭瓦"，总要惹出一些小小的祸事。童年的生活在故乡的摇篮里充满着欢乐、充满着好

---

① 雪屁股：是指农村小孩子穿开裆裤，从小在一起玩耍长大的意思。

奇、充满着梦幻。我们在一点一滴的时光中慢慢地长大，随后上学堂、学文化，逐渐走向成熟，走向社会。儿时的欢欣和憧憬伴随着我们走过了一年又一年，暑去寒来，时过境迁，随之而变的是我们为之生存和奋斗的环境、条件，而始终不变的仍然是对童年的追忆和故乡的热爱之情。

"曾经趣事述不尽，几多物事涌心头；谁人不藏怀乡情，痴子胸中胜一等。"这是我由衷的感慨。

一次我回乡探亲，一位昔日的伙伴曾经问起我："浩庄养育了你，你为她做了些甚？"朴素直白的话语让我一时间竟回答不上来。细细一琢磨，我深深理解了他的话。潺潺涓流山溪水，故乡如慈母般的眷眷情怀哺育了我们，我们所汲取和滋养的何止是我们能报答得了的？但羊有跪乳之恩，鸟有反哺之义，人岂能不及乎？如何把赤子之情、爱慕之情、感恩之情内化于心而外化于形？也许有的人通过勤劳致富为村里捐款修路、修缮古迹古庙，为造福一方尽心竭力；也许有的人大学毕业后回乡带领乡民发展经济，改变了乡村的落后面貌，为让老百姓过上幸福的生活而做出了贡献。我的优势在哪儿？我自幼好文，业余时间笔耕不辍，虽不能堪比大家风范，却也可以磨砺一下自己的笔锋，表一表对故乡的诚挚和爱恋，以尽自己的微薄之能吧。

有位哲人说过，丰富的情感，用心灵去感受最能体现，用音乐去表达居以次之，用语言去叙述又居次之，用文字去描述更居次之。我拙于口，不善乐，就借用心灵的双手凿开枯燥的字眼，使我滚烫的情感跳跃起来，尽情耕耘我心中"故乡"这块热恋的土地吧！

我用自己深情的笔铧犁开带着泥土乡味儿的文字，翻滚出行行墨浪，收获着我心中满载的希望。

你看，虎头山下的清泉水分外甘甜，喝着它长大的浩庄人更加聪明；你瞧，虎头山下的土壤格外肥沃，吃着它生长出的庄稼长大的浩庄人特别勤劳、善良、能干。新世纪，新观念，新梦想，浩庄的老百姓又憧憬着未来美好的曙光。国家的强大，社会的安宁，人民的富有，正是每一个浩庄人情之所盼、梦之所求、心之所往。尽管还有弱势群体，尽管还有阴暗的现象，但是，随着社会的发展，前进的航船终会乘风破浪到达理想的彼岸。

浩庄，寄予着我多少美好和期望。我无数次在心中呼喊着：我爱你——故乡的山！我爱你——故乡的水！我更爱你——故乡的人！

浩庄，我可爱的故乡！读万卷书怎么也读不完你的美丽，行万里路怎么也走不完对你的渴望。你的乡味儿、你的一切的一切早已装入我的行囊，永远相伴我走向四方。

我将铭记父老乡亲的期望，一生用我的赞笔来为你歌唱：

莫说乡路长，
再长也长不过我的思念；
莫说天涯远，
再远也远不过我的目光；
莫说云天高，
再高也高不过我的畅想。
浩庄，我可爱的故乡！
你是我心中永远的根儿。

我的大脚姥姥

日月逾迈，又临清明时节，暮春小雨淅淅沥沥如绵绵情丝蒙上心头，增添了一腔对已故亲人的无尽思念。千番潮水涌，万般云浪卷，道不清胸中愁肠个中味。三十多年前悲痛伤感写下一点文字，但未能完稿，数年来终因忙于世事，愧疚于中途搁笔，不能尽述；岁月匆匆三十余载，仍带不走心中那份伤逝之痛，如今重新拾笔再续前情，倾吐衷肠，默叙哀思，方了多年夙愿。

谨以此悯文献给我至亲挚爱的大脚姥姥！

一

（这一部分执笔于 1986 年 9 月）

堂叔一大早骑车跑了九十里路，来到我工作的地方，给我带来了一个噩耗，说："姥姥……她不行了！昨天晚上九点殁的。"

这正是 1986 年 8 月 27 日晚 9 点，农历丙寅年七月二十二日亥时。

我两眼瞪着堂叔，喉咙嗫嚅着终于没有说出话来。我的眼睛模糊了，泪水顺着脸颊滚下来。堂叔脸色阴沉，眼睛充满了血丝，暗淡无光。他不提一路颠簸和肚子饥饿，一股劲催促我起身上路……

我来了，姥姥，请宽恕我这个不孝子孙吧！我没有在您离开人世之际，看上您一眼，您就先一步殁了。

您静静地躺在棺木里，一盏油灯在您的身旁燃着。我跪在您的棺木前,向您祭奠。我不相信您就这样真的离开了我们,您难道就不能再醒一醒,看我一眼,听我说句话吗?

我不能想象,您在我的脑海中,昨天还是那样的勤劳,那样的倔强,而现在您却静静地溘然长逝了。您告别了人生,像一棵树,枯了;像一朵花,谢了;像一颗星,消逝了。您一去不复返了。

我现在感到人的无能,人制造了火箭,制造了卫星,还登上了月球,科技如此发达,但却医治不了自身的疾病,被一个恐惧的"癌"字吓得畏缩了。这难道不是人的无能吗?

姥姥,您是被万恶的病魔夺走生命的。

在您患病期间,家人尽了最大的努力给您医治。但是,病魔一天天向您逼近。我猜想不出您忍受了多么大的痛苦,艰难地熬过二百一十多天的(从发现病情起);更猜想不出您在临终的日子里滴水未进,而神志却又是那样的清醒,直到病魔把您的鲜血吸干,直至您剩下最后一口气。

姥姥,您的一生好像只是履行了一种人生本能的职责,不,万万不是的!千言万语诉不尽您苦难、清贫、受累的沧桑史,万语千言道不完您顽强、拼搏、不屈的人生路!您是一个铮铮的铁骨女性,给我们留下了很深刻的记忆……

您于一九一〇年的腊月出生在太行山区一个贫苦的农民家庭里,那时候正处于腐朽的清廷政府摇摇欲坠之际、民国政府即将诞生的年代,封建黑暗的气息重重笼罩着社会的每一个角落。从您出生开始,您的身世就带着一种迷雾般的色彩。您的母亲是个俊秀而善良的妇道人家,刚新婚不久,她的丈夫被迫去"募兵"充军了,丢下您母亲一人孤苦伶仃、无依无靠。邻居一个好心的单身男人经常在生活上帮助和接济您的母亲。天长日久两人彼此互生好感,渐渐萌生了爱慕之情,于是一个新的生命便孕育了,这便是您。那个好心男人便成了与您有血缘关系的亲生父亲。而您母亲的丈夫——一个与您没有血缘关系的父亲,由于连年在外充军征战,后来是死是活也杳无音信。

您在母亲的襁褓中孕育成长到四五岁。突然有一天,您体弱多疾的母亲因患伤寒病竟倏然地死去，就像天空中的一颗流星悄然而逝。这是您人生中遭遇的第一大灾难。万般无奈之下您的外婆把您接去抚养。可是时间不久，您的外婆因年纪大了，加上生活穷困，也无力维持您的生活，只好千恩万谢把您托付给了那个好心男人——您真正的亲生父亲。此时您的父亲已经娶亲成家。

您早年的不幸，我们只是在您平常难以言表的吐露中探听到的。从此，您有了后娘。您在这个家里的排行是长女，也是一个过继的弱女子，您无可选择的人生之路就这样开始了。

父亲给您起了一个寓意美好的名字，叫"银凤"。可是，名字并没有给你带来多少好运。

因为有了您，后娘心里开始嫉恨父亲。后娘个子矮小，面容黑黝，常常对您阴沉着脸，露着一双凶狠的眼光。她把二十世纪初期中国农村那种典型的刁蛮后娘特有的本领全都发泄在了您的身上。

一切您能干的或您能力不及的家务，都让您去干。您没有一般人家女儿所应有的权利。您不能裹脚，您不能有笑脸，您不能有自己一点点的自由。吃饭，离不了泔水；睡觉，离不了土炕。晚睡早起，披星戴月，整日在不停息的忙活中度过。在您的幼小心灵里，开始深深地烙上了一个字：忍。

尽管父亲也常常体恤您，但是，他却又躲不过后娘那一双狰狞的眼睛。父亲的体恤只能增加后娘对您的虐待。所以在您的眼睛里，这个世界，白天和黑夜一个样。

渐渐地，您有了妹妹。您每天不仅要帮着烧火、做饭、扫地、洗衣、养蚕、喂猪、打杂……还要照料妹妹。

炎热的夏天，食不充饥；寒冷的冬天，衣不遮体。您身材显得那样的单薄、瘦小，而您却始终是那么顽强，始终在承受着生活的磨难。

就像是老天爷在跟您开玩笑似的，后娘竟一连生了九个妹妹，一个弟弟。妹妹们都很淘气，常常让您背她们、驮她们、陪她们玩。您还经常给她们纳鞋垫儿、缝补衣服、绣花、剪纸花儿玩。妹妹们个个对您好，您常说，是她们救了您一条人命。

妹妹们平常都悄悄护着您。就为这点，后娘更加对您苛刻了。吃饭的时候，后娘让妹妹们坐在窑洞坑沿边上排成行，瞧着她们吃。而您却被撵在门外，舔着嘴唇，酸水直往上流。等到妹妹们吃罢了，后娘才把刷锅的泔水给您盛上，上头用饭菜盖住点让你吃。而您吞吐难咽，非吃不可，因为后娘在看着您，瞪着您。

妹妹们心地都很善良，她们常串通一气，遇到吃干饭时都悄悄地藏着点，等后娘不在的时候，争着给您吃。于是您狼吞虎咽，饱餐一顿。有时还会剩点，等下一顿再吃。她们又怕后娘打骂您，就帮您做那些粗活儿。可是，她们往往累得气喘吁吁、浑身出汗。

后娘给妹妹们缠的脚很小，又耐看，常常坐在一起比脚，说是谁的脚越小越有福气。而您却没有这个资格与她们比，您是一双没有缠过的大板脚。您何尝不想也有一双好看的小脚呢？可是您没有，后娘不会给您缠脚的时间和机会，不会给您与妹妹们同样的待遇。邻居一个好心的本家大妈很是同情您，有时会摸着您的头自言自语地嘀咕："唉，苦水里泡出来的孩子，真叫人可怜！愿老天多保佑吧……"有时会把她剩余的缠脚布给你简单缠缠脚。后娘知道后心里虽然有点不情愿，但在本家人面前却也没有多吭声。不过，您似乎并不为自己的脚大而痛苦，因为您从来就不敢有过任何对自身修饰的奢望。您每天睁开眼第一件事就是干活，默默地劳作。您的大脚板成了您干活时分担体力最基础的保障。

有一天，不知何因，八妹突然生了疾病，从白天到黑夜，才半天时间就断气了。全家哭成了一团。您也第一次那样放声地哭了，哭得很伤心。好几天，您都心不在焉，常常发呆。您为妹妹的死而伤悲，也为自己的命贱而伤感。

自从少了一个妹妹，后娘的心情变得更糟了。一不顺心，就拿您出气。骂您是贱货，败家子，扫帚星。咒您为什么不死，而恰恰死了她的心肝。您不敢吭声，干活更卖力了。您累了，一头撞在炙热的蒸笼上，脑门上烙下了一道深深的伤疤。后娘不问青红皂白，接连照您身上抽了几棍棒。您硬支撑着，忍受着痛苦，忍受着凄凉……

岁月慢慢把您熬大成人了。

二

(这一部分执笔续写于 2019 年 4 月)

十九年的风风雨雨,您已成为一个大姑娘了。这个年龄该是一个女子青春靓丽最美妙的时光吧?红润的脸庞,丰腴的肌体,窈窕的体态,怀春的憧憬……处处都显示出朝气和活力。可是,十九岁的您只有了年龄的符号,却没有这些本该属于您的应有的特征。

命运多舛的您支撑着一个瘦弱的身躯,将迎接着您未来更加艰难的生活。

常言道:"男大当婚,女大当嫁。"在那种等级森严、门当户对的封建礼教束缚下,受"父母之命、媒妁之言"的安排,您即将走向另一个生活之地。

在媒人的撮合下,您许配给了山那边十几里外浩庄村的一户唐姓普通人家。那个年代未经父母同意,男女婚配是不能见面的,双方的相貌、秉性、胖瘦、黑白全不知晓。可在您心里,也曾萌生着些许的期望,期望着未来的日子不会和以前一个模样。

您即将要走出你生活了十九年的这个"家"了,离开这个十九年都未离开过的"家",不再受后娘的奴役,要过一个自己的家了。

转眼婚期已到,没有隆重的婚礼仪式,男家甚至连新婚轿子也没有,在鼓乐唢呐的伴奏中,在亲戚本家简单的欢送下,您骑着一头瘦弱的小毛驴,走上了新婚之喜的路。翻过一座山梁,沿着山间崎岖的羊肠小路,在一路的颠簸中您来到了一个陌生的村庄——浩庄,走进了您的夫婿名叫小顺的家中。在喜庆热闹的气氛中,人们都争相来看新娘。看热闹的人你一言我一语评论最多的就是您的那双大脚板:"哎哟,模样长得还算标志,就是脚大了点。""唧唧唧,你看那双大脚,多丑呀!""让我看看……呦,就是,就是。"那个年代,人们信奉小脚多福的陈旧观念,好像一双大脚就预示着在人世必要受苦一般。但女人从小要"缠脚"却是人为创造来的"礼教",您却从小没有享受过这种"礼教"待遇。

夫婿是个夯实的汉子，黑不溜秋的样子，靠出苦力气糊口。夫婿家里也是个贫寒的家庭，父母多病，家无高堂，两间低矮简陋的小茅屋成了你们的"家"。日子就这样一天一天开始了。

夫婿起初对您还好，慢慢地由于生活的重重压力，日子过得很艰难。一年到头，往往是衣不遮寒，食不充饥，时常为地主老财们打零工、干苦活。有一次夫婿不知何因回到家里拿您出气，大发雷霆，大声怒斥，甚至随手捡起一块半头砖石朝您头上砸去。您疼痛难忍，吓得蜷缩在墙角抱头痛哭，屈辱的一夜没有入睡。从小的生活经历告诉您，千般苦万般难只能默默在自己的心里忍受，忍耐是您入世以来逆来顺受的无奈选择。

后来的生活，夫婿不仅不会体贴您，而且脾气越来越暴躁，偶尔一不顺心就对您拳打脚踢，亲戚邻居们来劝阻也无济于事。您支撑着瘦弱的身体在挨着日子过。

这时候您身子又怀上了孩子。平日里缺少粮食充饥，您就挖野菜，伴粗糠，甚至去扒些可食的树皮，掺和在一起吃。有时靠邻居好心人的接济，勉强度日。谁料苍天不公，就在您分娩了一个男孩后，孩子就夭折了。这事使您伤心了好多天。

贫寒和劳累始终像魔鬼的影子笼罩在你一天一天的生活中，这样又挨着过了好几年。在您婚后的第五个年头又怀孕了，这次还算万幸的是您正常的分娩了，生了一个女儿。女儿出生在一个月夜，您就给她取了个好听的名字，叫"月儿"。家里新添了人口，生活负担就越来越大了。

那时候时局动荡不定，兵荒马乱，军阀混战，烽火连年，老百姓都过着饥寒交迫的生活。后来日本兵又侵略进来，国难当头，社会处于灾难深重之渊。

"民国"三十一年（1942年），是您遭受精神和肉体双重打击不堪重负的一年。那一年您的夫婿摊派去为"老皇"挑砖支差。"老皇"是当地人们对日本兵的统称。那时都说挑砖是再苦不过的差事了，那种砖是特殊烧制的，都说叫"铁砖"，专门用来修筑坚固工事，每次挑砖都要送到百里远的地方。按人头一人一块大铁砖必须按期送到，用人力挑着担子送，来回一趟就得好些天。您的夫婿把自家的三块大铁砖送到后，为了多挣一斗米，又揽上了别人家五块大铁砖的差事。那时候正赶上烈日炎炎的五黄六月天，天气连续干旱无雨，地上的尘土荡起来能埋到脚脖子高，运输途中艰难程度可想而知。

真是天有不测风云，人有旦夕祸福。一天，一个噩耗从天而降——您的夫婿因劳累过度，累死在了挑砖途中。真是一个晴天霹雳！生不见人，死不见尸，您怎能承受如此之天灾之难，您晕倒在了炕上好几天。失夫之痛，时时啃噬着您的心。您已经没有多少气力去痛哭您逝去的同样苦难的夫婿，您几乎没有了眼泪，只在心里无数遍地诅咒着"老天爷，你真是瞎了眼呀！"只有几岁的"月儿"还不完全懂事，根本不知"人命大如天"的那种伤痛之感。那一年你才三十二岁。

您想去找回那个曾经是那样的刻薄您、虐待您的夫婿，但无人能准确地告诉您他走了多少天，是哪天死的？到底死在哪里？尸骨是否还存？您浑然不知。

一个妇道人家，还拖累着一个不懂事的女儿，孤儿寡母，在那个世道，处处受到的都是鄙视的眼光。您举目无助，喊天天不应，喊地地不灵，您几乎走到人生的绝亡地步……

您不知向何方走去，命运的重击又使您病倒在了炕上，不知是老天眷顾还是阎王爷怜悯，抑或是好心人对您的一点微薄资助，您慢慢又支撑着站了起来。您带着"月儿"对着亡夫死难的方向烧了纸钱，祈求着苍天保佑，祷告在天之灵一路走好。

俗话说"福无双至，祸不单行。""民国"三十二年（1943年），各地遭遇到了百年不遇的灾荒年，那时家家缺粮，人人挨饿，处处哀怨。很多人因饥饿得了"大肚病"，死神夺去了无数人的生命。

对您来说，凡是能充饥的东西都弄来家里吃，有时候把榆树皮碾成面，或者拌点灰灰菜，搅点瓜秧花等用清水煮煮以充饥解饿。家里真揭不开锅时，您就带着"月儿"开始沿途去外地讨吃要饭，东一顿、西一顿，有时饿得头晕眼花，身疲力尽，几乎倒在要饭的路上。您说过："苦命人吃的就是苦，熬过苦就能活命。"您尽管经受着天灾人祸的创伤，但还是一步一步挺过来了。

您有时也常常责怨,那些富人也敬"老天爷",穷人也敬"老天爷",怎么"老天爷"光保佑富人不保佑穷人呢?但责怨归责怨,过后仍然虔诚地信服着"老天爷",敬拜着"老天爷"。

您没有那些小脚女人的福气,可也多亏老天爷赐予了您一双大脚板,走路稳,能耐劳,什么活儿您也能干,什么苦您也能吃,和您的"月儿"相依为命,在和命运做着顽强的拼搏。

曾听您说过,有一次,一队日本兵骑着高头大马从浩庄村里路过,"月儿"去路边看新鲜,这时一个大兵"叽里哇啦"着想逗"月儿"玩,您看见后本能地跑过去,护住了"月儿"。谁料竟惹怒了这个大兵,举枪就要向您刺来。在这千钧一发之际,也许是神助,那头马忽然一惊,嘶鸣着腾空跃起向外蹿去,免除了您的杀身之祸。后来您说:"我的命贱不值钱,老天爷不要我,让我回来了。"

有一次,您帮一家富裕户去打短工推碾子,干了一天一夜的活儿,累得筋疲力尽,好不容易挣得了一升小米,谁知半夜里却让贼汉偷走了,眼睁睁地劳动所得却化为乌有,您气得几乎又昏死过去。

冬天没有棉衣穿,您只能挨着冻,常常蜷曲着身子缩在墙角取暖挡风寒。"月儿"十一二岁了还没一条像样的裤子穿,您就去别人家的垃圾堆里捡东西,用捡来的烂布片和烂线头把衣服缝起来,勉强能使"月儿"遮丑。

光阴过得好慢好慢,您带着"月儿"守了多少年的寡已记不清了,"月儿"渐渐懂事了。好心人可怜您母女俩所受的煎熬,想把外村一个男人给您说合说合一块过。您却思来想去,不知琢磨了多少回,也拿不定主意。您心里也曾有这个念头,干脆带着"月儿"改嫁出去,总会减轻母女俩的生活之累。可当您征求"月儿"的意见时,没想到"月儿"小小年纪未加思索就一口回绝了:"我舍不得离开生我养我的浩庄村。"从此您只好放弃了这个打算,一心为着"月儿"的未来尽着一个母亲的所能。

盼星星盼月亮,何时才能熬出这苦难的岁月。

终于有一天,八路军来到了浩庄村,带领村民搞土改,分田地,为贫苦人撑起了一片天。您从此好像感觉身上脱去了无形的桎梏,有生以来看到了希望的曙光。从此有地种，有饭吃，有衣穿，尽管还很艰辛，但您的脸上头一次有了一丝笑容。

您积极参加村里的农会组织，帮助纳军鞋、纳军袜，为支前工作整天忙着。您当上了妇女组长，又入了党，而且还分上了三间庙房。您渐渐感觉正在脱离几十年来那种牛马般的非人生活。

"月儿"慢慢长大了，后来也跟着您参加一些土改工作组的工作，有时候也单独外出参加一些会议，背着被子跑东村、走西村。有人和您说："'月儿'以后恐怕是要吃公家饭的人，将会飞走的，剩下你一个人接着受罪吧。""月儿"听到后就说："我偏不飞走，一定要守着和您在一起。"从此以后，您一直守寡到老，再未提起过改嫁之事。

后来生活渐渐有了改善，家里虽然还很清贫，但每年靠自己的辛勤劳作已经能够解决温饱和穿戴了。您说过："中华人民共和国成立前穷人受苦受难，是一个人吃人，人欺负人，人剥削人的社会，多亏来了共产党，领导穷苦人闹革命，翻身做了主人，过上了好生活，得来确是不容易呀！"

中华人民共和国成立后，日子一天比一天好了起来。"月儿"也到了女大当婚的年龄，您托人给"月儿"招了个上门女婿，一家子成了三口人，正式有了一个家的感觉。紧接着隔二连三，您就成了有五个孙子孙女的"姥姥"。"月儿"也成了我们姊妹五个的母亲。

二十世纪六七十年代，那个时候国家正在搞建设，家家子女多，生活条件还相当艰苦。家里虽然有了父亲和母亲的持家糊口，但您受了大半辈子的苦，好容易逃出了"虎口"，却又要为养活孙子孙女来操劳受累。

后来，父亲去外地煤矿当了工人，挣钱养家；母亲也学会了裁缝，学会了接生新生儿，靠辛苦劳作也能补贴点家用。我们姊妹五个陆续上了学校学文化。

可是姥姥，您并没有清闲下来。您还要帮着做农活，几口人的一日三餐都要您来做，还有洗衣、刷锅、喂猪、养鸡、碾米、纳鞋、搓绳等杂务杂活你都挑在肩上。一到冬天，您的两只手上的指头都要出皲裂，您用沥青在火上烤热涂在上边，以解冻裂之痛。您早上天不明就起，晚上到深夜才睡，总感觉有干不完的活儿。就连我们姊妹五个平常头痛脑热、饥饱冷暖都要您来照顾。由于家庭经济拮据，您平常有点好吃的都留给了我们姊妹五个。您总说我们正在长身体，比您重要，您对我们的呵护和关爱都深深烙在了我们的脑海中。您的那双大脚板成了你勤劳的见证。

您还有一颗温存而又善良的心。有时候街坊邻居日常生活上困难了需要帮助时您都是积极乐意地伸出援助之手，遇到了上门乞讨要饭的人，您总是热切地把剩饭或者一些余粮送给他们，做一些自己力所能及的事情……

多年来，您由于经常忍饥挨饿，慢慢地又患上了胃病，有时疼得忍不住了才要叫医生输上两天液。您总是说能省就省点吧，过家要节俭，才能养起这个家。

那一年我们家盖上了大新房，您却不愿离开那个住了几十年的小庙房，总希望我们住得宽敞点你心里才感到满意。

辛辛苦苦几十年，我们都在您和父母的羽翼下快乐地长大了。您却一天一天地变老了。

我们姊妹五个已先后离开家到外地工作或谋生了。可就在您将要享受清闲的时候，可恶的病魔降临到了您的头上。这是一个天大的不幸——您得的是晚期食道癌。您走上了一条更艰辛而残忍的路。

您一生受苦受累，受尽了命运的无情折磨，您本不应该过早地走的，您正是应该享受幸福的晚年时光。您在凄风苦雨中长大成人，在艰难困苦中拉扯大了我们的妈妈，又在节衣缩食的生活里拉扯大了五个孙子孙女。我们身体里流淌的血液都是您辛酸的血泪凝成的生命之源，没有您就没有我们的生命之苗，我们无以为报您的大恩大德。

您的今生好像不是为您而来，而是专为点燃我们的生命之苗而降生的。难道这就是老天爷对您一生命运的安排吗？我们无论如何也不能接受。万恶的病魔也好像深深地刺向了我们的心脏，疼痛难忍。

看着您一天天躺在炕上承受着病魔一点点在吞噬着您那羸弱的肌体，我们心如刀绞，又不知如何分担你的痛苦。您越来越瘦，越来越不能进食。听母亲说在您弥留之际，您想吃一颗葡萄都没有如您所愿。家人跑了好多供销点，都没有找到卖葡萄罐头的地方，那是您行进在生命的终点路上不算过分的一点奢望。虽说已是二十世纪八十年代了，但还处于物质比较匮乏的时期。没有满足您这个小小心愿，一家人的心情内疚到了极点。

您从得病到最终离世，短短几个月时间就撒手西去。与我们阴阳两隔了。但对于您来说，那几个月时间里每一天每小时每一分钟，您都在承受着无比的疼痛。您生来就吃遍了苦痛，到头来还是承受着苦痛而去。都说世上黄连苦，您比黄连还要苦。您用苦痛的一生验证了一个顽强的生命力的存在，验证了您作为一个人的尊严和价值的存在，验证了您不屈的向往美好生活的意志力的存在。

姥姥，您一生度过了七十六年的侄傥岁月，守寡四十四年之多。您的一生是普通的、平凡的，又是非凡的、伟大的。您付出了常人难以想象的艰辛和努力，您是旧时代中国劳苦大众的一个缩影，也是中国贫苦妇女辛酸人生的一个代表。您的吃苦耐劳、坚强不屈、百折不挠、顽强毅力的精神就像一座高耸的丰碑永远屹立在我们的心中。

姥姥，拙笔难书您历经的苦难，肺腑难尽我们对您的无限思念。您走了，连着那些可恶的世道、苦难的岁月一起走了。但是您的音容笑貌永远留在我们的记忆深处。我们赶上了一个好时代，过上了幸福的生活。我们将会铭记您所付出的点点滴滴，每年都会到您的坟茔上祭奠您对我们的大恩大德，衷心地为您送上心中的祈愿，愿您一路走好！一路平安！

我的大脚姥姥，您安息吧！

阿牛轶事

　　阿牛是浩庄人，他本姓牛，不过浩庄的方言是不带"阿"的，为避讳直呼其名，便于行文叙述方便，暂在他姓前用词头"阿"来代之。相信浩庄人知道后也会宽容理解的。

　　阿牛这个人长得一副瘦模样，头发常常蓬乱而卷曲，眼睛活泛而有光亮，性格恃傲，嘴巴伶俐，走路左摇右晃，很远一看就知道是他。

　　提起阿牛，浩庄一些上岁数的人说，他是个不成景的孩子。那些同辈人说，他这辈子弄不成个亥数。小一辈的人说，他是个"大奓子①"。也有些人赞许道：阿牛在方圆数十里也算个奇才，说事辩道，谈古论今，时事常识，天文地理，没有点真才实学的人还真侃不过他那张嘴。就因他这个"长处"，后来跟了一个阴阳先生，学了一些"本事"，竟也替人看个风水宅地、推个阴阳八卦什么的，"生意"不见有多好，却也能挣点烟酒、混口饭吃。一些好心人替他着急："赶紧讨个媳妇，将就成个家算了。"可那些年轻姑娘们却说："他邋里邋遢，每天不务正业，哪个瞎了眼的才跟他。"一晃眼功夫，阿牛四十出头了还是光棍一条。

　　他的所作所为，村里的人都当成"奇葩"笑料在聊天闲侃中一遍遍传闻着，如佐料般添加在日复一日的时光岁月里。

　　阿牛很小的时候就死了"大"，弟兄四个，他为最小，母亲一个人艰难地拉扯着一大家。阿牛开始上学的时候已经是二十世纪六十年代末了。那时还是人民公社化时期，农村每个村都叫"大队"，下边按人口户数多

---

① 大奓子：地方方言，指说大话虚吹的意思。

少再分为若干个"生产队"。"生产队"实行的是集体化劳作，统筹统分。他家里虽然弟兄好几个，大哥二哥已能上地挣工分了，每年队里分的粮食也够吃，老母亲操持着家务，日子也还算过得去。

阿牛上学念书。他也较聪颖，字写得规规整整。他写字还有个特点，把方块字写得瘦长瘦长，作业本方格里的字排列起来就像列队出操的小学生，整整齐齐，利利爽爽，常常受到老师的表扬。那时候还流行看小画书（连环画书），同学之间都互相换看。阿牛自己没有小画书，他放了学就到有小画书的同学家里借看。他看小画书很入迷，看得速度很快，别人看一本，他往往能看两三本。时间长了，他看的小画书很多，知道的小故事也就很多。

阿牛虽然很爱看书，但在学校里也不太安分，时常和一些小同学打架。他打架总是吃亏多，沾光少，与他打架的同学依仗家里族兄族弟帮衬来取胜。阿牛显得势单力薄，无人助力，吃亏的时候嘴里却不示弱，嘟嘟囔囔地骂个不停："龟孙王八蛋，你敢打你'大'，你等着，你'大'决不会饶你！……"有人恶意讥讽他："阿Q是你'大'。"阿牛就反击道："我是你'大'，阿Q是你爷！"他没有指望三个哥哥帮他忙。大哥右腿残疾，是个瘸子；二哥、三哥都是老实疙瘩、本本分分，只有叱责他的道理，哪容他在外边惹祸闯事。可是他的秉性难改，渐渐有点随性散漫起来。他放学后玩到天黑也不回家，他的母亲就满村沿街"阿牛——阿牛——"吆喝着找他。以致后来别的同学去他家里找他玩，他的母亲就不让他出去，甚至埋怨他的同学说："又来找我家阿牛，都是你们把阿牛带坏了，以后不要来找我家阿牛了。"这样时间一长，来他家找他玩的同学就少了。

那时候学校实行"教育要革命，学制要缩短"，提倡"以学为主，兼学别样"。学校的教学质量普遍不高，而且平时学生顶撞老师的现象时有发生。七年级毕业的那一年，一次班主任老师因批评阿牛课堂纪律不好，阿牛竟在课堂上以"反潮流"的勇气和精神极力大骂老师。老师气愤地捆了他一巴掌，他就把课桌板凳掀翻了，老师只好罢课休息。此事在学校传得沸沸扬扬，临近快毕业阿牛还是提前辍学了。阿牛辍学的理由用他自己的话说就是：一颗红心，两手准备——不继续深造，就"修理地球"。

阿牛基本上完成了"七年制学校"学业，十六七岁就跟着"生产队"社员开始了"修理地球"的劳动。农田里繁重的农活使他有点顶不动，他常常是三天两后晌误工。队里也没把他当个十全的劳力用，便随着他性安排出工。阿牛有了更多的自由时间，有时北街串、南街跑，打牌下棋凑个热闹；东家长、西家短，各种缘由也想参乎；说个事打个辩，里外也能说个道道；队里事村上事，好坏曲折也能评个是非……他渐渐地在村里成了家喻户晓的人物。

阿牛在"生产队"出工是"三天打鱼，两天晒网"，这样没待几年，就赶上了"土地承包下户"，粮食打多打少全靠自家了。这时候家里大哥因腿残入赘别人家当了上门女婿；二哥因搞对象大脑受刺激，精神痴痴迷迷，偶尔还出现癫狂；三哥本性实在的像榆木疙瘩，只知道闷头种地。阿牛在家里很少受过约束，过得很是自在，除了收秋打夏农忙时节在地里忙个影，其他时间如天马行空般往来自由。老母亲有时也叨叨他的不是，阿牛只当耳旁风，左耳朵进右耳朵出，地里的活儿反正有三哥在打理，他是一日三餐照顿吃饭，饭后一扒拉嘴又不知跑到何处去了。

那一年，初春时节，阿牛从外村学了一门技术，回到家垒起红薯秧圃，说是要发红薯秧苗挣点钱。他垒好圃、埋好种，红薯秧苗一天天发起来了，到了红薯栽种季节，还真换回了不少钞票。邻居们有的说："阿牛是个挣巧钱的人，不像他三哥一样只会死种地。"

可是发红薯秧不是天天都能操持，过了季节就不行了。于是阿牛又不知去寻思甚了。又有邻居说："他是东一棒槌西一棒槌，还不定弄个甚样儿呢。"

冬去春来，寒暑交替，阿牛成个二十多岁的大小伙了，看着别人一个个说媒娶亲成了家，他也在做着一个未来美好的梦。

袁家有一女叫琴，正值青春妙龄，聪慧伶俐，性格开朗，热情大方，成了阿牛心仪的偶像。琴的父亲曾参军在部队，后转业到了地方，在村里也算得上是一个有威望的人。阿牛因能说会道，又善于串东家跑西家，平常一听说琴的父亲要回家来住时，就跑去拉拉家常，谈谈世事，说古论今，天文地理，村规俚俗都在闲聊之内，慢慢也深得袁家老少的赏识。一来二去，天长日久，琴对阿牛也有了些好感。可是一提及婚嫁正事，琴的母亲还是想为琴物色了一个各方面条件更优越的对象。琴自然不敢违拗母亲之意。再说一家女十家许，总还有个择优挑选的机会呢，这样琴自然冷淡了阿牛。

阿牛是动了真感情的，琴也并不是个绝情之人，只是阿牛没有意识和体会到自己眼下的状况和处境……在大多数人眼中，他只是茫茫大海中一只漂浮不定的小船，看不到最终将漂向何方？

世事难料，就如初春含苞待放的花蕾遇到了一场寒流，阿牛心中的爱情之花只有枯萎了。无奈之下，他给曾经心仪的琴送出了一封信。信的内容大致如下：

"我曾经给你写过许多信，但都没有寄出去，今天这封信是唯一给你的第一封信，也是最后一封信。为了你的事，我牺牲了无数的脑细胞，好久以来，我被一种痛苦的感情折磨着。周围的人，不仅从经济上，而且在各方面条件都胜过了我。我也曾经想过昨天、今天和明天，我也曾有过美好的理想，但全力追求总不能实现。我只好把理想寄托在遥远的未来……祝你一路走好！"

还有一封信是写给琴的现任男朋友的，大致内容如下：

"关于信的开头，我不想浪费笔墨，我喜欢开门见山。对于你，我敢这样说：扒下你五光十色的外衣，揭穿你伪君子的面貌，你是我的眼中钉、肉中刺。和你打交道简直是和魔鬼打交道！……祝你和你的女朋友幸福！"

两封信，算是解除了阿牛心中的憋屈之怨。

也有关心他的人对他说："不能在同一棵树上吊死人，以后的路还长着呢，慢点来吧。"

然而，阿牛不知是受了情欲的刺激，还是什么原因，却撂出一句话："我身后跟着一大帮闺女，还少一个媳妇儿吗？"让听着的人不置可否，心也凉了一截。时间一长，也没见阿牛在外引回个媳妇儿。有人就说："阿牛是越来越奇了。"

从此，阿牛从情感中解脱出来，又开始了逍遥的自在生活。走街串巷，游游逛逛，时常都能见到阿牛的影子，闲聊瞎侃总能听到阿牛的声音。他偶尔吐露出一些让乡下人瞠目结舌的话语来，它常把伟人的诗句挂在口头，时不时来上一句：大风起兮云飞扬，威加海内兮归故乡，安得猛士兮守四方！有时便朗诵一段：大雨落幽燕，白浪滔天，秦皇岛外打鱼船，一片汪洋都不见，知向谁边？……之后高谈阔论评说起诗篇来。

也有人闲来无事引逗阿牛说："你看的书多，见多识广，给我们讲几个故事听听吧。"

阿牛还真拿出一本正经的姿态，清清嗓子说道："我讲两个小故事。第一个小故事是说，从前有个人，从自己脖子上捏下一个虱子，害怕别人说他脏，赶忙扔到地下说，'我当是一个虱子呢，原来不是个虱子！'旁边一个人马上捡起来说，'我当不是个虱子，原来是个虱子！'"听的人都哈哈大笑起来。

阿牛接着说道："第二个小故事是说，有一天，乾隆皇帝和一个大臣来到一个庙里，里面是个大肚子弥勒佛。乾隆便问大臣：'弥勒佛为甚对着我笑啊？'那大臣说：'这是佛见佛笑。'乾隆听了很高兴，当他往佛的侧面走几步之后，又回头一看，见弥勒佛正对着那大臣笑呢，于是便又问那大臣：'弥勒佛为甚也对你笑呢？'那大臣赶紧回答说：'他笑我今生不能成佛。'"大家听了又都咯咯地笑起来，并说道："这个故事是说那个大臣会舔皇上的屁股呢！"

阿牛讲完后说："你们猜这个故事是谁说的？"大家都摇摇头。他又补充道："你们不知道吧？这是毛主席讲给他身边服务员听的，但毛主席可不是用浩庄话讲的。"看着大家带着一种羡慕的眼光，这时的阿牛往往表现出很神奇的样子来。

当然，阿牛还能讲出"浩庄"村名的来历——一个本村人生活的村庄。他说："为甚浩庄人没人姓浩，村名又叫浩庄呢？"（在阿牛讲之前，村里人大多不知道这个来历）。于是阿牛就会添油加醋、滔滔不绝地给你讲上一大堆。大概意思是说：很久以前，有户姓郜的人家，出了个很有学问的人，后来受皇上的重用提拔为朝廷大臣，把这一带封为他的领地，叫鄀庄。他派人叫工匠在此修建楼阁、庙宇，规模庞大气派，逐渐使鄀庄成为当地一个文化、通商、交通的重要之地。谁料天有不测风云，人有旦夕祸福。姓鄀的大臣受佞人所害，被诬陷为谋反朝廷罪名予以斩草除根并株连九族。厄运从天而降，姓鄀的家族死的死，逃的逃，凄惨至极，全村几乎变为一片瓦砾废墟之地。后来不知过了多少年，许多外姓人家逐渐在此定居，才慢慢繁荣昌盛起来。由于发生了以上变故，村里人都嫌鄀字忌讳，就推举各大家族有名望的人在一起商讨，有人提议用浩（gǎo）字来代替鄀，其意义有家族众多、兴旺昌盛之意。大家一致赞成将鄀庄改为浩庄，一直沿用至今。

　　阿牛会讲故事也是出了名的，不过有时候也说一些白字，只是听着的人有人明白，有人不明白。如位（莅）临、草管（菅）人命等。事后有人也提醒他，他知道后反驳道："中国汉字谁能认完？是那个意思就行了。武则天还自己造字呢，谁能管得着？"这时又显出一副满不在乎的样子。

　　邻村有个姓祁的师傅，懂得阴阳，会看风水，也能帮人推推算算合个姻缘，在当地小有名气。阿牛慕名而去，欲拜祁师傅为师。一来二去，祁师傅见阿牛能说会道，天姿还算聪颖，没有莽野村夫的愚钝，便也勉强收他为徒。从此阿牛隔三岔五就跟着祁师傅南来北往、东奔西跑，慢慢也学得了一些本事。老祖宗那套什么天干地支，阴阳五行；什么乾坤艮兑巽震坎离，天地山泽风雷水火；什么相交相合相感相恶相反相成相克相生；等等。在他嘴里说出来也是头头是道，八九不离十。偶有东家修房盖屋、开门方位、订婚择日也找他来掐掐算算，倒也能混顿饭吃，挣盒烟抽，得一些零花钱。

　　有一次，外村一户人家请阿牛去看风水宅地。他看了这家的坟地后说："这个地方是你家先人早就看定的地方，这个坟地对你家来说，弟兄中老大发不了家，只发老二家。"这家人听后感觉很惊奇，连声说道："你真是看得不差，确实是这样。"

　　阿牛在路过一个砖窑场地时，指着这个地方说："这里从前是一个大户人家的坟地，后来开砖窑破坏了这个风水，这家人的后代就没有老祖宗富裕，是不是这样？"和阿牛一起相跟的人都点头称是。

还有一次，他给一个妇人看面相后说："你父亲前三年应该不在世了，那一年你应该是59岁左右。我是推算的，也不敢确定，不知说得对不对？"这个妇人听后显出一副惊讶的表情，连声说道："一点儿不差！一点儿不差！"

阿牛不仅有这些能耐，还能看人解字。有个人名字中带有一个"福"字，就让他给拆解一下。他随口就来了一段顺口溜：福字一共十三画，左衣右人加个田，衣食富足多有钱，脾性要强胜半边，热心贤良好姻缘，从来本分不过外，律己严格宽容人，偶有小小不顺事，三日过后尽开颜。这个人听后自然是喜笑颜开，一高兴就奖励了阿牛一盒好烟。

农村有个风俗，谁家儿女找对象都要"合合婚"，看看属相合不合。有时阿牛倒也痛快，顺口就会给你来段顺口溜：正蛇二鼠三月牛，四猴五兔六月狗，七猪八马九羊首，十月老虎满山忧，十一月鸡来上架愁，十二月老龙不抬头。之后告诉你这些都属于属相不合，你自己回去琢磨。

说归说，算归算，阿牛自然也有遇到磕磕碰碰的事。有个发小要择婚办喜事，让阿牛合了个喜书，自然要付他个吉利钱。可过了几日，阿牛又见了这个发小还想趁机让其请客，发小说："这段时间置办婚事，手头紧巴，咱们就随意喝点啤酒吧。"阿牛嫌啤酒不好，就说："谁要一直喝你的啤酒？至少还不拿点高级饮料，还有健力宝什么的？"发小因手头拮据，没有满足阿牛的要求。阿牛满脸不高兴，愤懑地丢下一句话："真是抠门儿货，等你以后再办事，你就走着瞧吧！"

阿牛自认为在浩庄村里也算是个有能耐的人，那"奇"劲上来越发显露无遗。在浩庄偌大的村庄，一年四季总断不了红白喜事，加上过年过节、杂七码八的事都要置办，对阿牛来说没有哪家跑不到的。长此以来，阿牛就养成了能喝酒、能抽烟的习惯。有人趁他喝得醉醺醺之时，想从他嘴里"掏"点秘密，就问他："你给人家看风水、瞧宅地，都说你算得准，你是怎样学到手的？"这时阿牛越发眉飞色舞胡奇瞎侃起来："阴阳顺逆妙难穷，二至还归一九宫，若能了达阴阳理，天地都来一掌中……师傅教我的东西，都是天书里传授的，不是谁都能学成的。师傅说了，《易经》《奇门遁甲》这类书是帝王之术，老百姓是不允许看的；《山海经》也只有县级官员才能看上。我学的就是师傅说的这些书中的东西。我给你们说多了，你们也弄不懂的……"阿牛借着酒劲飘飘然起来，仿佛大仙降世一般。

有时，几个发小也借他酒酣得意之时，问他有没有给人看错的时候，阿牛便把实在话吐露出来："神仙还分个能力大小呢，哪个凡人还没有个错？我看阴阳也有犯糊涂的时候，糊涂时就胡诌，你诌成甚就是甚，听者全然不知，还神秘得不得了。话在人说，事在人圆，世上很多事都是糊里糊涂，谁也说不清的。"真是酒后吐真言，完全没有了那种奇话大话。

阿牛有自己一套生活哲学，人情世故皆都晓得几分，没有较深学问的人还真压他不住。

阿牛逍遥自是逍遥，祁师傅并没有完全把真功夫传授给他，也许是火候还不到。靠他学的这点本事远没有达到出师的水平，还不能在社会上独撑门面。这样一天天晃荡下来，也不是个正经营生。看似整天在外奔波，到头来还是连个媳妇儿的影儿也没见着。他的母亲年事已高，也无能为力，最终带着遗憾撒手人寰。阿牛和兄长草草把母亲打发走了。

阿牛肚子里能装多少东西，谁也猜不透。曾有一段时间，他又热衷于村委一班人的所作所为，似乎他所觉察和掌握的资料全涉及村委主要负责人的污点。他常常同一些有意竞争村委班子的人员凑在一起，收集和罗列村委现任负责人的材料，但似乎又无确凿的证据。忙活的结果最终一切皆是徒劳。在阿牛的心里，大有难展一腔鸿鹄之志。

无奈之下看着村里人都忙活着干起了个体经营，想着法儿发家致富。阿牛也渐渐动起了念头，并暗下一股劲，非要干出个名堂来不可。

一个计划在他的心中逐渐萌生：他要像村里胡大满一样修一座机砖窑，当一个窑老板，发家致富，改变自己的现状。阿牛分析的原因是：农村现在很多人家比以前富裕了，有的拆掉了简陋的旧土坯房，盖起了青砖大瓦房。以前穷日子过惯了，现在只要手头挣了钱，谁不想过幸福美满的生活？看这个势头，以后家家盖房用砖大有市场呢。胡大满就是看到了这个苗头，早两年就走在了前头，干起了机砖窑，生意是越来越红火。

干机砖窑首先要有场地，要投资，阿牛也是经过反复掂量后，最终下定决心大干一把的。阿牛还真有点能耐，拿出自己天生能说会道的本事，与村委会干部多方沟通，不费多大周折就把场地选定好了，接下来就是如何筹集资金运作的事了。

阿牛最大的保障是他一个远房亲戚，出于一片真诚之心想帮助他脱贫致富，早日成家立业，为此借给了他几万元。阿牛筹划着先用这几万元做垫底，之后可以再以贷款的形式进行运转。因为以阿牛的现有条件，其他人也不会轻易借钱给他。

此事，阿牛最先去请教过他的祁师傅，并需要祁师傅参与进来帮他一起搞。祁师傅当时听了阿牛的打算，沉思良久，考虑再三，最终没有同意他干机砖窑这个事。

阿牛一心要圆他人生当中的一个梦想，箭在弦上，欲势待发，无论如何也听不进祁师傅的劝告。他按照自己心中拟定的计划开始实施起来。

机砖窑择期开工已经确定，初期资金已到位，工匠如期而至，在轰鸣的鞭炮声中徐徐拉开了阿牛的梦想之幕。

就在机砖窑的烟囱高高耸立起来的时候，祁师傅是看在眼里，急在心上。他对阿牛的一个朋友说："你一定要劝阿牛赶快出手已修起的机砖窑，立马住手还能换回点资本，不然的话要栽跟头。"这个朋友如实向阿牛转述了祁师傅的忠告，但阿牛已是痴迷心窍，用现在流行的话说就是：大脑灌进了水。朋友有何能耐又能说服阿牛呢？

浩庄有句俗话"人算不如天算"。就在机砖窑快要建成竣工之时，天公不作美，一连多天阴雨连绵；有天半夜时分，天空电闪雷鸣，前几天才修起的窑道"轰隆"一声坍塌下去，把阿牛倾注的全部心血化为乌有。清晨起来，阿牛站在泥泞的地里，双腿发软，两眼茫然无顾，心情冰凉到了极点。投入的资金、财物、人力、工时如何挽回？眼下底垫的资金已经花尽，原计划贷款事项也因种种原因没有办成。阿牛看着眼前的一切，心急如焚，像热锅上的蚂蚁焦躁难安，陷入了深深的苦恼之中。他对未来生活的向往，还有爱情、家庭、事业，一切的一切……这是他有生以来受到的一次沉重的打击。没有援助之手再来挽救他的残局，那双迷茫的双眼已没有了往日的神气，他不知将走向何方？阿牛心中第一次自责自己的莽撞和无知，千不该万不该，不该不听祁师傅的劝告，悔之晚矣！可是世上哪来后悔药？看来姜还是老的辣，祁师傅终究还是高他一筹。

　　阿牛的机砖场地上有几间简陋的小屋，里边存放着一些修窑时杂七杂八的物件。他时常还在那里过夜守护，场地上那高耸的烟囱静静地陪伴着他每日的过往，似在哽咽述说着机砖窑夭折的惨痛经历。

　　祁师傅对阿牛没有再提及过多，只是意味深长地道出了一句话："天有天道，事有事理，人有人命，不识天时地利人和，则事不能成矣！"

　　阿牛越来越邋遢了，一张黑瘦的脸庞凸露出明显的骨感，目光也比先前增加了几分呆滞，头发杂乱得像个鸡窝，身上总是穿着一身脏乎乎的灰色衣服，散发出一种异样的味道。他越来越爱酗酒了，不论谁家办事请客，总要蹭着去喝得晕三倒四。他很早就学会了抽烟，烟瘾也越来越大，最多一天能抽两三盒。

　　可眼下不比以前了，他从祁师傅那儿学来的那点本事也糊弄不下去了。请他看阴阳的人家渐渐少了起来，有时混得连一盒烟钱也买不起了。可是烟瘾上来憋得难受，只好见了同学或者旧友就要个烟钱买盒便宜烟打发打发。吃饭更是有上顿、无下顿，串到谁家就赖到吃饭时辰顺便混顿饭吃。有时同学、旧友遇到阿牛也曾劝导他说："你不行就离开浩庄村到外边的世界闯一闯，也比你现在这景况好。"阿牛却愤然地说："走到哪里都一样，现在是市场经济社会，'天下熙熙皆为利来，天下攘攘皆为利往'。有了钱干甚都好说，没有钱就是龟孙王八蛋……什么事业、理想、女人，一切都是扯淡。"同学、旧友见此状况无可奈何，只好摇头叹息道："你是死要面子活受罪，好言听不进，混你的去吧！"也有人评价阿牛说："他是眼高手低，下不得一点实力气，纸上谈兵的料，聪明反被聪明误。"

　　时间一天天过去了，阿牛已四十出头了，脊背也略显驼了，常常咳嗽不止，脸色也浮肿发黄，精神萎靡，气色极差，大街小巷也很少能看到他的影子了。

　　终于有一天，阿牛倒下了。明知自己已身染重病，可无钱医治，只能哀叹唏嘘。只有憨厚的三哥每天照料着他。

　　二〇〇七年秋天的某日，萧瑟的秋风裹着寒意带着一个噩讯吹遍了浩庄村的大街小巷：阿牛死了。——这年他四十五岁。

　　这个年纪正是人生的金秋岁月，以后还有很长的路要走。可是阿牛却走了，没有妻儿子女，赤条条地来到这个世上，最后又孤零零地去了九幽之地。他就如一条彳亍而行的夏虫，未知收获季节的丰收喜悦和雪花飞舞、银装素裹的冬日，便悄然地僵死而去。

　　浩庄的阿牛走了，后来的浩庄人不曾知道有个阿牛，以致再后来的后来，阿牛便成了个永久的传说。

悼 友 文

秋风呼号，悲乐哀鸣。我们带着无比沉痛的心情，悼念心中最挚爱的朋友——瑞平。晴天一声霹雳，长夜一声噩耗，顷刻之间，你溘然长逝。呜呼！长天当哭，大地当悲。你的父母永远失去了一位最优秀的儿子，你的妻子永远失去了一位最挚爱的丈夫，你的儿子永远失去了一位最慈爱的父亲，我们永远失去了一位最亲密的朋友。家人、亲友、同事……大家悲痛欲绝，哀恸万分！

你从生命之初到走完人生51年的旅程，显得匆忙而短暂，绚烂而凄婉。你经历了人生的美好与甘甜，也品尝了岁月的艰涩与辛酸。你的青春之火燃烧的那么热烈，你的奋斗之路却又肩负着比常人难于承受的重担。如今，你已离我们而去，夭亡在冥冥的另一个世界。

回忆曾经朝夕相处的时光，总使我们历历难忘。少年同窗，你好学多思，博学聪慧，徜徉在知识的海洋。青年同处，你温文尔雅，谦虚大度，成为我们同辈的楷模。事业有成，我们彼此携手，共享欢乐。人生逆境，我们互帮互助，共度坎坷。正当你步入人生壮年，收获硕果之时，谁料万恶的病魔无情地闯入你的生活。你从死神的手掌中挣脱，顽强的毅力支撑起你生活的信心，与疾病进行着不懈的拼搏。家庭的责任，父母的嘱托，生活的压力，病痛的折磨，一切的一切，你总是用微微一笑来默默地作答。

苍天无眼，最终夺去了你宝贵的生命。命运多舛，无奈留下了太多的遗憾。你还未报答父母之孝，还未享受儿孙之乐，你就撒手西去，一去不复返。呜呼哀哉！悲痛至极！

阴阳两界，生死永别。乘风驾鹤上西天，天堂极乐永长眠。愿你的英灵与青山共存，愿你的魂魄与大地永恒！

附祭文一首：

闻友仙逝，天昏地暗；哀泣情切，怆然泪涟；
略述美德，众口有言；品行高尚，君子风范；
为人处事，谦恭谨慎；尊老爱幼，人人称赞；
持家有道，克勤克俭；朋友往来，雅俗相兼；
修身养性，无有狂言；爱憎分明，恶习不沾；
多才多艺，奋力争先；奉献教育，二十余年；
教学相长，学子数千；刻苦钻研，深思勤勉；
回馈社会，增进学业；博爱有加，情暖人间；
浩庄娇子，犹在眼前；转眼消逝，遗恨万年；
亲人同哀，朋友同悲；捶胸顿足，愁肠千结；
欲罢不能，欲哭无泪；哀歌一曲，挽联祭奠；
逝者已故，生者当勉；言犹未尽，一觞尚飨。

平凡的父亲

父亲的一生很平凡，也没有惊天动地的伟业，也没有骄人可叹的奇迹，平凡的就如淡淡拂面的风，犹如涓涓山涧的水，能忆起的只是他生活中的滴滴点点。

父亲是从旧年代里过来的人，他的一生既清贫又辛劳。他离开我们已有六年多，我梦中仿佛隐隐约约、断断续续叠现出他过去生活的一些片段，总想写下一点关于父亲的一些文字，往往是欲写又搁笔。在父亲节来临之际，我写下对他的一腔思念，聊以慰藉。

父亲生于1926年，那时候国运衰微，兵荒马乱，民不聊生。父亲祖上几代生活富庶，住有一套四合高楼大院，到父亲这代，时运不济，家道渐渐衰落。少年时代上了几年私塾就跟街坊老艺人外出奔波，足迹遍及山东、河南、河北等地，渐渐学会些本事，张木罗、扎笤帚、打木工等都能拿得出手。后来年龄渐大一些，又跟民间戏团帮衬着学做厨艺，经年累月生活于社会底层，勉强维持生计。

中华人民共和国成立后，父亲已经是个二十几岁的小伙子了。20世纪50年代初，国家正面临社会经济恢复时期，又逢朝鲜战争爆发，父亲压抑不住那颗年轻偾张的心，也萌生出从军立功的念头，毅然报名参加了抗美援朝志愿军，成了一名志愿军后勤兵。父亲随部队入朝时已到战争后期，由于长年在外风餐露宿落下了关节炎，在部队服役一年后，退役复员回到了祖国。父亲靠着自己学到的厨艺又到当地县剧团谋得了一个帮厨的生活，跟着剧团东南西北流动演出。1958年正是大搞钢铁的那个年代，父亲随剧团来到了高平县浩庄村演出。也许是缘分，也许是巧合，好心人了解到父亲还未成家，便给父亲提亲撮合，只是要父亲上门入赘。这个时候对父亲来说，多年漂泊在外，日日辛劳仅为填饱肚子，他老家父母早已双双去世，自己也未能尽孝道。老家两个姐姐已出嫁，一个弟弟已成家。此时孑然一身的父亲也感到应成家立业，该有个着落了。就这样父亲结束了多年的流浪生涯，开始有了一个家。

新社会发生了翻天覆地的变化，父亲也感觉活得有点尊严了，像个人样了。父亲决定此后不再跟随剧团外出了，在家正式开始了新的生活。姥姥、父亲、母亲，一家三口生活虽然过得有些拮据，但还是很温馨。这样的日子过了有一年多，到1959年冬，晋城矿务局到各地招工，父亲听到这个消息后，就和姥姥、母亲再三思量，决定报名到矿务局当一名煤矿工人。那时候条件很简陋，人们形容煤矿井下是"四块石头夹一块肉"，很多人顾虑重重。父亲毅然来到了煤矿，虽说工作很苦很累，但每月都能开支，家里的生活逐渐有了改善。后来家里逐年新添了人口，有姐姐、我、两个妹妹、一个弟弟，人口多了，家里的经济负担也相应加重了。

我记得小时候，父亲在矿上工作忙，因为不想耽误上班，每年回不了几趟家。但每回来一次，我们姊妹几个都能高兴好几天，因为父亲会给我们买小画书，买新鲜的吃食、水果。有一次我在学校上学，父亲回来后还去学校看我，还给同学们发糖块吃，那时我会觉得很幸福，很甜蜜。

父亲留给我们的印象总是聚少离多，那时在农村家里没有男劳力，感觉就好像没有了顶梁柱。我记得有一次，我和几个小伙伴去捡牲口粪。捡牲口粪一是学生要给学校交任务，二是为家里自留地追肥。我们沿着一条乡间公路去捡，要跑很远很远的路，尽管这样还捡不到多少。我们走得都很累了，这时我看见路的前方有一堆马粪，就赶着往前跑，谁知被同村另一伙中比我大几岁叫"秋荒"的人，从后面赶超上来收了马粪。我一无所获，当时我气得都哭了。我责怪他抢了我先看到的马粪，他不仅不客气，凭着个子高，力气大，还动手打了我。我连气带委屈，边哭边骂，心里有着一股不服气的劲儿，那种被欺负的感觉叫人难以忍受。那时候真想身边有父亲在或者有个哥哥，就能替我出口气。可是我没有哥哥，父亲又不在身边，甚至我都有点怨恨父亲长年在外只顾自己而不顾我们姊妹们。直到长大后才慢慢体会到那时生活的压力和父亲的无奈，他并非无情无义之人。

有一年父亲由于工作劳累病倒了，听说他去厕所时晕倒了，还吐了很多血。住院检查得知是高血压和胃病。母亲是在好多天后，矿上有人捎来口信才知道的，赶去矿上医院照顾了父亲一段时间。父亲也是个闲不住的人，身体刚恢复好点就又上班了。

父亲祖籍姓王，晋城高都东顿村人，入赘到母亲家后本应姓唐，这是自古以来一种乡规民俗，但父亲并未改姓，入矿当工人仍姓王。他思想里总有一种说不清、道不明的血脉情缘和传统观念在作祟，有一种根底里、骨子里的不情愿。我听说过父亲有一次去到学校非要让老师把我的作业本上由原来的"唐"姓改为"王"姓。母亲知道后极力反对，为此和父亲大吵了一顿，不了了之。可是后来我到煤矿参加工作时，父亲还是预先给我在报名时就改为了"王"姓，一直沿用至今。其实，姓氏对一个人来说只是个符号，重要的是这个活生生的人，但对父亲那一辈人来说却是一件大事，封建观念还根深蒂固。

可能还有生活中的一些琐事和不幸，母亲和父亲经常发生吵架。父亲在休探亲假时，经常和母亲不欢而散，提前返回到了矿上。所以在我的少年时代隐约缺少一种父爱和那种呵护的滋味，总感觉就像一棵独立生长的树苗孤苦无援，全靠自己来支撑。

人民公社化时期，家里无劳力去田地劳动争工分，每年要缴钱抵工分，生产队才能分给粮食。父亲做得好的是每年如期早早地就回家把钱上缴了。虽然说父亲那时挣的工资不算多，但家里八口人一年的生活开销费用都能按时负担，过年、过节生活还能有所改善。家里虽然吃得不好，但从来没有饿过肚子。

父亲长年在外，工作之余养成了爱看书的习惯。他从微薄的工资里节省出一些钱就买书看，时间长了就积累了很多书。像《西游记》《隋唐演义》《铁道游击队》《林海雪原》《艳阳天》《金光大道》《西沙儿女》等满满地藏了一纸箱。我爱好看书的习惯也是从那个时候养成的。

1983年,父亲退休回了老家。原来父亲不在家的时候,我们一家七口人都挤在三间屋,多少年都是这样过来的。父亲回来后就有点住不开了,因此父亲第一件事就是把多年的一些积蓄拿出来盖了八间砖瓦房,使我家的住所宽敞了很多。

　　父亲农忙时上地,农闲时捡起了老手艺给家里张面罗,扎个笤帚什么的,邻居有时也会来找他帮个忙,修修补补。有时下厨还能露一手,炸点油条、炒个小菜,改善一下口味,真正过起了农家田园的日常生活。

　　我是父亲退休前几年招工上班的,父亲闲时还常常问起我工作上的情况,聊聊矿上的一些趣闻逸事,总感觉有一种牵扯不断的情愫萦绕在心间。他有时给我讲一些他以前工作中的事情,父亲对工作踏踏实实、认真负责的敬业精神深深感染着我。我记得父亲曾告诉我说:"你在矿上不论哪个单位干,都要踏踏实实,不要怕吃苦,不要怕吃亏,一定要干好自己的工作。"多年来,我一直记着老父亲的话,在工作中勤勤恳恳、任劳任怨,默默地做好自己该做的事,使我受益匪浅。

　　时光流逝,我们渐渐长大了,父亲也一年比一年显得更老了。

　　父亲和母亲在一起还是常常少不了拌嘴。母亲性格比较倔强。因事一不如意就叨叨父亲。时间一长,父亲慢慢变得少言寡语,有时急得忍不住了就大声对母亲吼上几声,躲出家里去清闲一会儿。父亲平时的性格还是比较温顺善良的,不急时不会轻易发脾气。他有时也和我们说:"咱们都是穷人家出身,你妈从小也是没吃没穿,吃着苦长大的。她生活很节俭,看见谁糟蹋浪费东西就斥责厉害,好像总是不如意。我们都要多理解她吧。"可是我们始终不理解,父母亲俩人还是吵着过了大半辈子。

　　一直到我们姊妹五人结婚成家,都是我们各自牵手撮合成的,父亲很少过问。只是在我们谈婚论嫁时为我们准备好所有的物品。他很少像有些人家父母那样提早为儿女找人托媒、忙忙活活张罗办事。

　　也许是由于父亲后来这种恬淡而与世无争的性格,使他活了个高寿。父亲去世那年是2014年3月28日(阴历二月二十八日),享年88岁,安详而终。

　　父亲平凡简朴的一生,虽没有做多么了不起的大事,但他辛苦勤劳的一生和他教我踏实做人的道理让我很崇敬他。他毕竟给了我生命和那血管里流动着的一腔热血,也给了我那些让我难以忘怀和终身受益的东西。

这就是我平凡的父亲。平凡是我们千千万万普通百姓生活中的一支主旋律,支撑起无数平凡家庭生活支柱的离不开那些平凡的父亲们,在平凡的生活中,给我们铺就了一条坚实而温馨的生活之路、希望之路。

向我平凡的父亲致礼!同时也向那些和我父亲一样平凡的父辈们致礼!

老家的白果树

想起老家的白果树，我的思绪就被拽到了那些难忘的岁月里，就如同电影银幕中的一个个镜头一般，时常在我的脑际闪现，叠现出欢快、温馨而又如痴如梦的场面。

老家村北一座老庙院内有两株白果树，听老人们说那是一对夫妻树，也叫鸳鸯树。因为它们一高一矮，高的为雄树，矮的为雌树。两株树彼此相依，不能舍其之一，很是神奇。在周边方圆范围内是见不到这种白果树的，所以老家的人们都很稀罕它、崇敬它。

白果树结的果实外形酷似青杏，皮肉发青发绿，故称银杏。它的皮肉不能食，皮肉内是核，核的外壳光洁白嫩，在当地又俗称为白果。白果壳内绿质柔软，晶莹剔透，味涩可吃。如用火烤熟而食用，便有一种异样的香味扑鼻，撩人胃口，尝之尤爽。中医还把它作为一种药材来使用。

老庙里的两株白果树是何年何月由哪位先人从何方移栽于此的？不得而知。遥想当年的老庙一定有过繁盛的景象，氤氲瑞气，烟火缭绕，善男信女，香客不断，期盼着神灵保佑这里的一方百姓隆泰平安，吉祥如意！悠悠岁月，风雨沧桑，两株白果树应是最好的见证。

在我儿时的记忆深处，一到深秋时节，白果树上一嘟噜一嘟噜的果实坠满了树枝，让人垂涎欲滴。我和小伙伴们结伴悄悄跑到老庙院里，用石块往下砸，或用长的木棍朝树枝上敲，费上半天工夫，每人都能收获到一二十颗白果，然后带回家，把肉皮去掉，硬果放在火炕边烤一会儿，等白壳发黄或爆裂开时就能闻到一股特有的白果香味儿了，这时就可以解解馋、美食一口了。

到真正果实成熟时，村里的卫生站就专门派人去老庙院里打白果，统一收回去，经过晾晒加工后作为药用。

后来，县营单位在村里老庙外建起了一个炼铁厂，老庙的房间就作为工友的宿舍使用，院里的白果树依然年年都长得郁郁葱葱。

我十六岁那年，离开老家外出工作，偶尔闲暇时还能常常想起那两株茁壮的白果树。再后来，听说那个经营了十几年的铁厂也渐渐倒闭了。那座老庙和铁厂也被锁在了围起来的厂墙内。20世纪80年代土地下户以后，村里的卫生站也由私人承包经营了，秋天老庙里的白果也无人专门去收获了。

日复一日，年复一年，听说老庙的房屋由于历经风雨侵蚀，年久失修，无人经管，渐渐屋毁梁倒，残垣断壁，荒芜一片。

一晃几十年过去了，今年农历七月十五我回老家赶庙会，看到村里的玉皇庙、老东阁都维修一新，就打听村北那座老庙和那两株白果树的境况，邻里乡亲都说多少年也无人去里边看过，不知具体情形。

童年的情趣在我心里久久难忘，一下勾起了我想去老庙探究一番的心思，于是我邀一好友共同前往。

这座老庙在村的最北面，我俩绕过厂墙外一片茂密的草丛地，找到东面的大门口，便见两扇锈迹斑斑的铁栅大门用锁锁着，院里到处长满了荒草野棘，远处原先高大威严的庙宇已经大部分坍塌，有几处斜裂着缝隙的墙壁还勉强支撑着残缺的房屋框架和物体，大有摇摇欲坠之感，庙院内已无一间完整的房间。一种颓废苍凉之景直袭心头，我顿感时光流逝，岁月无情。

为一探究竟，我俩翻越过两米多高的铁栅门，拨开茂密的蒿草杂物，蹚过草丛，顺着一处残破的窗口爬进老庙院内，唯见那两株多年未见的老白果树还是茂密苍郁，仍显示着顽强的生命力。只是树周围也长满了青蒿杂草，间或有悬挂的蜘蛛丝网。走近细观，才见每株树旁都用铁栅栏围着，树体上嵌着有政府部门的保护牌和树龄标示牌。让我意想不到的是树龄标示牌上竟赫然写着150年。我心中一时顿感诧异，甚至怀疑起这个数字的真实性。因为在我的想象中，白果树历经世事沧桑应该有几百年或者更久远的树龄。因为我小时候看到它那巨大粗壮的雄姿就如眼前它的模样，它不应该只有上百年的历史，这与我心里的落差太大了。我心里仍侥幸地想着，150年肯定是专家的误勘或者是制作树龄标示牌者的一时疏忽造成的。

为考究之因，我从各个角度把这两株白果树用拍照和摄像的形式记录了下来，以填补我那残缺的记忆和遗憾，留住那记忆中美好的时光缩影。

这两株白果树，承载着我的渴望和思念，还有那逝去岁月中的无以名状的涓涓情怀。它的存在价值已不同于现在城市中遍地盛栽的人工培育出的那些白果（银杏）树了，它展示着一种自然现象中的阴阳互补、相辅相成的生存哲理，也寄予着人们对美好生活的祝愿和向往。

古树依旧在，几度夕阳红。我心中遂有一愿，期望老家的乡民们保护好这两株白果树，它不仅是珍贵的稀缺资源，更是一种历史的承载、一种心灵的寄托。如果有条件允许的话，尽可能恢复和修缮与古树风雨相伴的老庙，让它成为一种历史的见证，永远屹立在老家一代一代人的心目中。

老家的白果树，安好！

石 碾 情 怀

　　偶尔在一些书刊上看到怀念那个时代有关石碾的记忆文章，每当此时，就会勾起我对石碾难于遗忘的一种情怀。

　　我生活在太行山区，在我老家农村一带地方，碾的发音不叫 nian，而叫 ran。以至于我很多时候想从字典里翻寻出那个 ran 字来，但都最终无果。仍不甘心，头脑里老是想着当地先辈们为何叫 ran 而不叫 nian，即使土话发音相对于普通话而言不甚标准，也不应该有如此大的音差。我认为或许有两种可能：一是"碾"为一字多音，字典里没有收录进去；二是"碾"有旧读和近读之故（如"凿"zao 旧读为 zuo）。无奈之下就暂且把 ran 叫作 nian 来代替叙述吧。

　　大约 20 世纪 70 年代以前出生的人都对石碾有不同的记忆，80 后的人对石碾来说也只能是个印象或者是"传说"了。至于南方地区以前有无石碾，我没有考证查询过。

　　石碾是农家人加工粮食主要的生活用具，碾谷成米，碾麦成面，玉米也可碾成糁、也可碾成面，甚至能把榆树皮碾成榆皮面……也就是说五谷杂粮都能加工。农家人离开它，一日三餐无从提起。

　　石碾主要由碾盘、碾砣、碾桩、碾杆、碾圈组成，圆形的碾盘直径有两米左右，厚度一尺许，下面用石墩垫起；碾盘中心镶有一根铁制碾桩；碾砣放在碾盘上，碾砣靠碾桩一面稍小，靠外面的稍大，约两尺，因推碾时做圆周转动，故里小外大；碾砣中心有孔，碾杆一头粗一头细从碾砣孔中穿过，人推碾杆带动碾砣，碾杆起着杠杆作用；还有碾圈，碾圈是 U 形状，把 U 形碾圈从碾杆上中端的小插孔穿过与中间的碾桩套住，再插上固定的圈钉，然后就开始使用了。

还有一些地方碾杆制作的形状不一样，但大同小异，功能都一样。

人类文明进程离不开远古先人的发明制作。传说神农制作了耒耜，嫘祖发明了养蚕，仓颉创造了文字，黄道婆改制了纺车……石碾的发明却没有确切的资料记录。但从古代一直到20世纪末期，只要有人居住的地方，就会有石碾，它伴随着人类社会经历了几千年的沧桑巨变。我们遐想着它们作为石头的当初，它笨重的躯体，是怎样被人们从大山里刨出，又是以怎样的运输方式艰难地运回村中，再经过工匠们辛苦的锤敲钎凿，锻打成浑圆的碾盘和滚圆的碾磙。那应该是人们对生活质量的不屈追求和生命智慧意义上的一曲赞歌吧。

在我的记忆中，小时候家里每隔一段时间就要去推碾。推碾主要是加工玉米圪糁儿和玉米面，很少加工高粱、小麦和黍米等。那个年代还是人民公社化时期，生产队里推广种植高产玉米，每年主要农作物就是玉米，秋天统一分配到社员家里。家家户户先要用手工把分到的五谷杂粮脱粒之后，反复晾晒，然后再收藏贮存，食用时再去石碾上推碾加工。

石碾子一般都安设在露天避风向阳之处，主要为防刮风把碾上的东西吹走。村里的石碾虽然是公用，但老一辈遗传下来都是有主家的，平常维护就由主家管理。条件好的村子也有把石碾安设在碾棚里的，乡亲们推碾时既暖和又干净，刮风下雨都不怕。

推碾是很费力气的活儿。家里有成年男劳力的推上半天的石碾还能扛得住，家里缺少成年劳力，孩子又多的，推一次石碾就要费好大气力。在农忙时节，为不耽误农时，乡亲们推碾就安排在清晨或晚夕，点上一盏昏黄的小马灯伴着静静的月光，赶天亮或睡觉前将东西加工好。人口少的人家，推一次碾能吃半月、一月的；家里人口多的，一般十天、八天就得去推一次碾。所以推碾是农村人一件非常繁重的活计。

那个时候，我们家八口人，父亲在外工作，家里有姥姥、母亲、我们兄弟姊妹五个，推碾子就成了常事。从我个子长到能够着碾子杆的时候起，记忆里就有了一种难忘的经历。一放学回到家看到家门上了锁，十有八九是姥姥、母亲去推碾子了。于是，眼睁睁看着小伙伴们悠闲地去玩耍，我只能皱着眉头去一圈一圈没完没了的帮着推那笨重的石碾子。肚子饿得咕咕叫，又没有多余的干粮填肚子，只好忍饥挨饿跟着大人品尝艰辛之苦了。有时候想着加快进度，就让较小的弟弟或者妹妹坐在碾杆上，希望以此来增加碾磙的重量，把加工的食物多碾碎点。看着日头渐渐下山，月亮慢慢升上夜空，我们的影子还在碾道上像不停地钟表指针一样一遍遍地不厌其烦地转着。姥姥、母亲不仅要推碾子，还要不断往碾盘里充填加工的谷物，然后再往外清理收拾，反复多遍才能加工好。可见她们作为家庭之妇，除了养儿育女外，还要操持繁重的农活、家务活，辛劳之累难于细言。每次推碾熬到最末临了收工时候，每个人都是筋疲力尽，如释重负。

最繁忙最累的时候要数农历的腊月时节了。石碾子没有一天能闲着。因为过大年和平常不同，日子再穷也要图个红火热闹，因此，家家都要多碾点小米、白面和其他食物。特别是在碾子上加工麦面，比加工玉米要慢上好几倍，起早搭黑的事就可想而知了。但不管怎样，家家总要想方设法赶在大年三十前将东西加工出来再做成美味可口的过年食物，仿佛打完一场战役一般，焦灼的心才算安逸下来。

日复一日，年复一年，到后来政策宽松了，允许个体户家里喂养牲口了，有的人家推碾子就用自家牲口代替这种苦力活儿了。因为同样加工一袋玉米，用牲口半晌就可碾完，人推就得误一天甚至熬到半夜。看着人家既轻松又省力，心里总是羡慕不已。心想自家要是也有一头牲口该多好，也不用再费忒大气力了。可是这个心愿一直没有实现，直到20世纪70年代前后村里逐渐通了电，机磨才慢慢取代了石碾子。

那个时候虽说生活艰苦，但常常又让人怀念。用石碾或者石磨加工出来的白面吃起来又筋道又香味可口，不像现在机磨加工的粮食，由于机械加工速度快，导致谷物碾轧过热，成分中失去了物质天然原始的那种醇香味，犹感美中不足。

随着岁月的更替，石碾的时代已经过去了，那些原始的、笨重的生活方式已经悄悄退出了我们的视野，随之而来的是现代化的生活方式和生活节奏。

现在到许多乡村去观光旅游，常常能看到那些经历了岁月的磨损、静静躺在地上的石碾、石器等"正在被一些无形的自然之刃悄然剥蚀，渐渐失却了它原来的光泽和容颜，成为自然界最初的物质形态，或者物质形态里最初的名称"。石碾已离我们而去，对那些曾经和石碾有着些许生活关联的人们，又总怀着一种依恋和不舍，心中不免生发出许多感慨。石碾自从人类祖先制造使用一直到如今逐渐废弃，经历了漫长的岁月洗礼。它作为人类生活最原始的用具，发挥了不可磨灭的作用。它是人类走向文明一大创造，伴随着人们走过了荒蛮原始的岁月，又伴随着走进科技发达的今天。

机磨代替了石碾，但却代替不了石碾本身不靠依赖而原始天然的、自给自足的特殊功能性。石碾作为人类文明曾经进步的标志之一将永远彪炳在历史的典籍里。

还有更重要的是，从石碾引申意义上来说，使我们的思维又向外延拓展了一步，即推碾向左沿碾盘运行时的轨迹可以说是华夏祖先探索顺应自然规律的一种反映，及至现代田径运动比赛的跑道和推碾的方向如出一辙，及至后来发展顺延至许多国家在交通运行时习惯靠右而顺行的一种规律或者说是规范。还可以想象，如果后来西方发明的时钟由华人早先发明制造的话，顺时针一定是按照推石碾运行时的方向设计的，而不是现在所谓的"顺时针方向"或"逆时针方向"。

古老的石碾走了，它不仅留存在我们的记忆里，从某种意义上说更应该成为我们心中耸立的一座神圣的"丰碑"——石碾是永生的。

一棵树钥匙

　　传说老家浩庄村古时有一位阴阳先生，他会看风水，能掐八字，常善游历，在当地很有名气，人称小神仙。

　　一天，他正游历在崇山峻岭之间，忽见在一处背风朝阳的山坳里，住着几户人家，周围杂草丛生、荆棘满崖，唯独长着一颗四米多高挺拔俊秀的柏树。他不觉心中大喜，长途跋涉的疲劳一时跑得无影无踪。他举步前往，向那里走去。

　　这棵柏树长在一户门前。他来到树旁，绕树反复观察，心想这真是一颗宝贝树啊！这时，户主人出来了，看见他东瞧瞧西望望，顿感奇怪，于是这主人便上前打问道："请问这位先生，你是何人，在这里干甚？"先生发现有人问话，便回过头说道："我乃过路之人，只因看到你门前这棵树长得与众不同，便想看个究竟。"先生刚说完，这位主人便接了茬："是啊！我们这里的人都说很奇怪，这么一座大山，唯独长了这么一棵树。因为是一棵独苗，所以人人都很爱护它。""是啊！是一棵宝树呀！""听这位先生的语气，一定是一位观风水、辨阴阳的高人吧？""不敢当，本人只是对这一行略有研究，不甚精通。"主人听这位先生一讲，马上把先生请到屋里，端饭倒水，殷勤款待，非让这位先生给好好看看不可。饭饱茶饮后，先生说："好，既然你非要让我看！我就说说吧！"他把情况一五一十地讲了出来，主人听着是喜上眉梢，乐在心头。夜深人静，先生已经安然入睡，可主人却两眼合不拢。夜过三更，主人便悄悄地起来了。俗话说"人没二心不早起"。他要干什么呢？只见他拿了一把钜，来到柏树下面，吃劲地锯起来，不大工夫便把树轻轻地锯倒了。他扛着这棵树来到山顶上，对着正北方向，嗵嗵嗵顿了三下。一会儿，只听见轰轰隆隆一阵响声，山中开了一个大口。他听先生说过这是山大门，没有这棵树钥匙，是打不开的。

可这大门里头阴森恐怖，发着幽暗的灯光，间或还能听见叮叮咚咚的响声。他心里感到可怕，头皮有点发炸。可发财心切，他还是壮了壮胆子进去了。里边很大，他不敢向更深的地方走，模模糊糊地看见一条门缝，便钻了进去。白天听先生说过，里面全是珍珠玉器。现在他摸着这里一袋一袋的不知装的是什么东西。他迅速地解开一袋，伸手抓了一把，感觉好像是绿豆的样子。他感到很后悔，怎么都是些绿豆呢？可他又不想在这里边多待，心想管他什么豆呢，扛上一袋就是。袋很沉，他刚扛到大门口，忽然又听见轰轰隆隆的响声。他吓得丢掉麻袋，一骨碌趴在地下，身上起了一层鸡皮疙瘩。响声过后，他回头一看，什么也没有了，还是这光秃秃的山顶。这时，他不禁叫了一声："哎呀，糟糕！树——钥匙——树。"原来他把树钥匙忘在了大门里。他只好背着麻袋唉声叹气地回到家里，把那袋宝贝藏了起来。

当鸡叫天天亮时，先生起来了，人们也都起来了，大家都发现那颗四米高的柏树不见了。于是人们七嘴八舌议论纷纷，都向主人打听，主人也说不知道。然而先生心里却明白，他后悔自己不该把真情都给吐露出去，现在到了这般地步，一定是主人贪财心切，晚上悄悄干的事。先生几经查问，这家主人才把事情的前前后后说了出来。先生让主人把从山中偷来的麻袋解开看看，原来的确是满满一麻袋珍珠。最后在先生的提议下把珍珠分给了大伙。但是，先生感到最可惜的是树钥匙没了，一座宝山从此将变成一座荒山秃岭的不毛之地了。

这正是：贪心贪财，自私自利。不劳而获，岂得财富？

（三）秀色揽怀

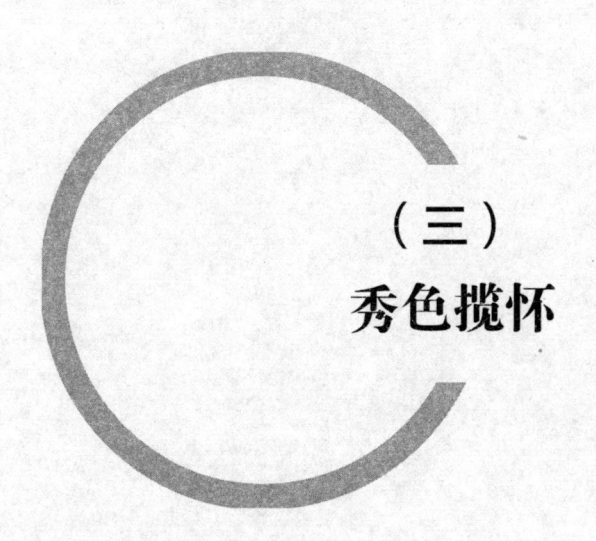

归山夜景图

归山夜景，乃晋城盛夏之时，白马寺山美丽的夜景。归者，有心之"趋向"、行之"去往"之意。夏夜的白马寺山，清风送爽，明月招摇，山水地脉，奇幻幽美，游人如织，情景交融，人为景增色，景为人添彩，如临天间一般，妙不尽言、美不胜收之情之状非亲临而不信，大有"出乎其类，拔乎其萃"之感叹！如此美景入画，不亚于《清明上河图》那幅精美的风俗长卷之风貌。

说起白马寺山，晋城人都晓得。"白马拖缰"的传说就源于白马寺山。历年来，这个美丽的传说给白马寺山披上了一层神秘的光环。白马寺山又名司马山，相传北魏司马懿封长平侯曾登临此山而得名。后因山顶建寺名为白马禅寺，故而更名为白马寺山。近几年晋城随着经济建设的繁荣，城市变得越来越美，尤其是白马寺山打造得美丽多姿，成为晋城最靓丽的一道风景线。

登临白马寺山，最美丽不过盛夏夜景。炎炎夏日，伏天来临，烦闷难耐，劳作了一天的人们，只愿找一个清新纳凉的去处，白马寺山则成为人们消暑游玩的好地方。不知在游览白马寺山的人流中，是否有哪一位画家在心中勾勒过陶醉着无数游客得如此佳景呢？这般手到擒来的佳作只需要稍稍摹临就唾手可得成一幅盛夏《归山夜景图》。我愧于不谙作画，只好把眼中的这幅现成"现世佳图"用拙笔来描述一番，待今后有心之画家复原壮貌而献呈大众。

有诗为证：月朗星稀熏风爽，山朦色黛瑞霭祥；一条玉带铺光彩，两路华灯放辉煌；苍松幽林争碧翠，奇花异卉斗菲芳；白马寺山好福地，蓬瀛阆苑只此样。

一、主轴夜景图

白马寺山坐落在晋城市区最北端,一条"泽州路"从南至北延伸到白马寺山脚。每到傍晚,趁华灯初上,人们开始驱车或徒步前来,款款涌向白马寺山。

从泽州北路的屋厦桥到白马寺山脚,两条各宽十几米、长约1.5千米的单行双向柏油马路依地势从低渐高波浪状迤逦铺设而成,中间为各色花草种植其间的绿化带,柏油马路两边各有10米左右宽的绿茵草坪,两厢草坪外又有一条人行甬道,人行甬道外又有几十米宽的绿化带栽种着蓊郁苍翠的松柏。两排造型别致高耸路旁的华灯与闪烁的车灯相映,北上与南来的车流交织成一幅流动的光河。在来往穿梭的车流中,各色型号的轿车数不胜数,还有电动车、摩托车、自行车等。人行甬道上有或散或群的徒步者,有嬉戏玩闹的少年,有拄着拐杖的老人,有结伴相依的情侣,有在石凳上盘座聊谈的小憩者……在熙熙攘攘的人群中听得出有夹杂着不同地方方言的人,都尽情享受着夜晚里树木、花草、泥土散发出的一股清新的"天然氧吧"。

远望白马寺山,映入眼帘的是一幅由人工装饰的"凤凰展翅"彩灯图案镶嵌在整个山面,闪闪烁烁,奇异亮丽,如入天际。

在临近白马寺山脚几百米处的路段,有一处缓地,人们称为"怪坡"。车如果停在半坡处,档位挂在空挡时,就会自动慢慢倒着往坡上走,到平缓处则越倒越快。这种现象其他地方不多见,一时成为人们稀罕的趣谈。

在白马寺山脚下,建有一个宽阔约一万平方米的广场,四周间隔耸立着造型华丽的十几根灯柱,灯柱上方为白色花样装饰,中间并非一溜水泥地面,每隔数米铺设一方格形草坪,整体布局风格别样,美观新颖。广场向东西两面各伸延出一条马路,通向不同游览景点。

广场周围人来人往、热闹非凡。那嬉闹声、吆喝声、喇叭声、音响声交杂在一起,仿佛伴奏着一曲交响乐。摊点小吃应有尽有:臭豆腐、羊肉串、红果串、麻辣烫、肉丸汤、凉粉、饮料、水果等；儿童玩具琳琅满目：塑料花、彩色棒、泥塑玩器、儿童图画、零碎杂物；远处广场有把玩风筝的，近处有带了用具铺在地上纳凉赏景的……

广场正面北上铺设了宽阔的石阶，石阶中间栽有许多绿色植物。绿色植物两边石阶各宽约12米，两旁外松苍柏翠，风飒林间。棵棵树杈上点缀着小彩灯，彩灯与彩灯又连成一片，或明或暗变幻着多种彩光，显得处处光浮，重重映彩。石阶自下而上为三段：第一段往上越49级台阶，而后是一节平台；第二段有79级台阶，又一个平台；第三段最高共139级台阶，三段石阶后是一个更宽阔的广场。

拾级而上，年老者步履蹒跚，边走边憩；年少者追逐嬉闹，跳跃而上；恋人间携手共攀，彼此相依……

登上三段阶梯后的山腰广场，舒缓一下微热的躯体，顿觉呼吸通畅，神清气爽。面南而视，城市夜景，尽收眼底。泽州路灯光如带，霓虹迷离；市区高楼错落，灯影点缀；远际繁星闪烁，流光溢彩；周围环山拥抱，大地映辉。真是望不尽斑斓夜色，装不下满眼炫丽，忽有一种如入仙景，一览而醉之感。

山腰广场是一片比较开阔的地带，在此处乘凉消遣的人员最多，或行或坐，或躺或卧，老的小的，男的女的，嬉戏追逐，谈笑玩闹，打牌对弈，小酌取乐，异常热闹，不亚白昼。广场往东百米处有一条外围公路依山势而达山顶的白马禅寺，往西有多条小径延伸至山凹深处。

在广场东侧建有一座三孔拱门牌楼，那是白马寺山刚开发时所建的。牌楼门柱雕刻精致，嵌有花纹图案，中门上书"瑞霭臻祥"四个大字，中间两柱书有一副题联："集三川之精英敷大文章存白马气韵，纳天地之瑞气创事业见黄牛精神。"两厢边柱题联为："明月清风恋此一方清土，祥云淑气生吾万应灵光。"再往北又有一孔过门，曰"太平门"。旁立一门牌"白马寺森林公园"。跨过"太平门"，往前是早些年已铺设的一条林中小径通往白马寺山顶。

在广场正中北面，开设了一条宽约5米的主甬道依山势逶迤而进，甬道两边华丽别致的灯柱相对排列，映照着路旁两排银杏树光影幽幻，远山植被扑朔多姿，满山坡人工增设的玲珑彩灯或明或暗、奇幻莫测。沿着甬道前行，又见弯弯转转、近亭远廊、奇峰怪石、山林森森、竹篁清幽、松柏翠碧、山花摆锦、野草铺蓝，煞是迷人。其间有多条曲径小道通往东西两侧景点，远处还有"天然氧吧"、人造水池、亭台楼阁等点缀其中，别有一番景致。在甬道东侧的高岭之上，一座"白马祥云"雕塑面南腾空而起，好似凌云驾雾，振翅欲飞。在彩灯映衬下，犹显凸出，独占秀色。再向北慢步几百米，在一片开阔处的右山壁上有一大型墙雕，满面嵌有图饰，似在述说着"白马拖僵奇，驼铃从东响到西，声声震耳鸣，神骥不知何处去，只留宝塔镇妖气"的美丽传说。

从此处伫立北望，可见楼阁高耸，浮屠塔峻。依石梯上行，约登三段台阶，可到耸楼平台。平台上建有两层楼阁，上悬"平和安详"匾额。在平台小憩，俯瞰下方，又是一番景色，方觉登高望远之惬意。真是峰峦树繁茂色露，奇花异卉香气浓。而后再上，经一段79级台阶，再经四段99级台阶，就到达白马寺最高处的景公塔了。年少者一鼓作气而上，年长者则缓步而攀。虽气喘吁吁浑身冒汗，因近最高峰，此时也就不在乎登梯之劳了。

从山脚到景公塔，不算高也不算低，算起来平均得花三四十分钟的时间。一般来纳凉避暑的就在山脚下或在山腰广场找一个好的去处尽情享受这里大自然特有的"恩赐"。而乐于好动健身者必非登最高顶而不甘。

站在景公塔观景，比前两处更胜一筹：临高远眺，苍穹入帘，夜色茫茫，繁星点点，银河近看，弯月可揽，身堕霭雾，足似踩云，如入天庭，晃似神仙，自然造化，天地共融。

站在景公塔下仰望七层塔体，巍然耸立，如插云端，景灯相映，美轮美奂，塔如镇山之宝，为白马寺增添了靓丽的色彩。

由景公塔向北逐级而下，百米之处便是白马禅寺了。夜观白马禅寺，则不见白天祥光暧犍，香烟缭绕，氤氲瑞气的景象了。寺门紧闭，微灯数盏，殿宇更显得寂静肃穆，巍然庄严。此时北山则是可远观而不可近游了。

二、西轴夜景图

从山脚下广场往西是一片空阔地带，修建有停车场、太行明珠游乐城。游乐城有各种游玩设施，声、光、电交织成一幅美丽的图案，五彩缤纷，绚丽夺目，游人如蚁，最是繁华之处。沿外围一条大路西行，右侧建有风格别致的楼堂馆所，左侧一座人造"龙马湖"镶嵌其中，湖面山峰倒映，五光十色，仿佛置身蓬莱仙境，真是径边侧畔长奇葩，槛外栏中生异卉；步觉幽香来袖满，行沾清味上衣多。湖边一条健身绿道蜿蜒西去，途经黑龙潭文化园、龙王庙、翰林学府等景点，绵延18千米直达巴公镇四义。此处虽然大多在白天畅游，但枕着夜色，熏风习习，也有不少人健步其间，独享自然之乐。

三、东轴夜景图

东轴景色也从山脚下广场之处沿路东去，也有一座人工开凿的小湖，石桥跨湖，迂回曲折，树影婆娑，多姿多彩。往东是一条最早开发白马寺山的旧道，从停车场拾级而上，因阶梯颇陡，距离较短，一会儿便可到达山腰广场了。东轴临山接峰，曲径通幽，柳槐竞茂，松柏苍翠，巧峰排列，奇石参差。这里虽无中轴磅礴开阔之势，也有玲珑小巧之优，幽深雅静，草虫嘀鸣，荫荫花香，陶然宜人。有首小诗这样写道：夏夜登临白马峰，松间隐径闻佳声；行者欲听卿卿语，谁鸣暮鼓将人惊。雅然之趣可见一斑。再往东行，一条绿树环绕的公路依山而上，就可通达白马寺山顶的白马禅寺了。

四、植物园夜景图

植物园处于屋厦之北，在通往白马寺山脚的大路旁往西而进，与白马寺山连成一片。植物园因有奇花异草、名树佳卉而得名。

73

植物园地势起伏有度，小丘沟壑相连，绿树成荫，植被繁茂，是游人赏心悦目之佳境。现有各类植物700余种，共计30万株，总占地面积为817000平方米。

植物园有多处可观赏的花卉园，按开花季节不同而分区设片。春季：梅花园、海棠园、丁香园、巨紫园、牡丹园。夏季：月季园、宿根花卉区、蜀葵园。秋季：玉簪园、紫薇园，木槿大道。冬季：菊花园、蜡梅园。另外还有果园、竹园、盆景区、彩叶观赏区等。

植物园有树种收集区，各种名贵树种有七八十种，主要有国槐、车梁木、白皮松、红叶臭椿、丁香、麦李、蒙古荚蒾、水枸子、垂丝海棠、秦连翘、大叶女贞、辛夷、蓝冰柏、太平花、华北珍珠梅、单粉垂枝、洒金柏、杜梨、北京忍冬、金叶荻、臭檀吴茱萸、元宝枫、二乔玉兰、粗榧、鹅耳枥、沼生栎、小绿萼、太阳李、卫矛球、朴树等。

植物园北面建有9333.33平方米的人工生态湖，在夜晚彩灯的映衬下，湖面波光粼粼，涟漪层层，小亭点点，舟楫片片；湖堤周边垂柳依依，绿茵青青，奇石岣岣，人影绰绰，使夜晚的植物园湖景徜徉着迷人的色彩。

植物园各处还散遍有长廊、小亭、平台、山冈、草坪、池沼、喷泉、小瀑、观塔、广场、人工湿地、运动健身场等，置身其中可游可览，可跳可舞，消烦解闷，愉悦身心。真是四周荡荡异香，园内清清风气，处处灯光闪烁，乃盛夏夜晚纳凉休闲理想之地。

盛夏夜晚的白马寺山，集天然于人工之雕艳，华灯点缀，车水马龙，人潮如涌，满山锦绣，流光溢彩，游者万千，流连忘返，确乃晋城之杰景也。有诗曰：景色纷呈赏不尽，休闲娱乐醉陶然，此间独是好去处，不亚蓬瀛仙景象。

归山夜景，如图如画，虽无丹墨成幅，自有文笔生花，妙趣于胸，可感可变可幻，胜于呆描僵摹之版。故称《归山夜景图》也。

踏 雪

戊戌年的冬天，王台的气候比往年显得格外冷。从立冬到大寒，整个冬季吝啬地飘了一两次薄薄的浮雪，却慷慨得把酷寒和干燥肆意虐舍在人们生活的犄角旮旯。

己亥年已经来临，春节的喜庆和祝福似乎感动了上苍的怜悯之心，初三之夜，雪神悄悄地把皑皑白雪厚厚的铺满了整个大地，田野里麦苗欢喜地盖上了一层棉被，空气变得清新无比，人们阴郁了一冬的心情开始活跃起来。有十几厘米厚的雪层使道路泥泞难行，路面上每日繁忙的车流眼下一时少了几分喧嚣，然而人们喜雪的气氛却热闹起来。

公共场所、人行道上陆续有人开始清雪打扫，为人们出行提供便利。户外凡是能活动的场所增添了许多的乐趣：有在屋外堆雪人的，有三三两两打雪仗的，有健身跑步的，有几人相约外出滑雪橇的，还有人在手机朋友圈里晒出各种自制的雪景相册的……总之，大街小巷、男女老幼都在传递和享受着有关雪的喜讯。

前几天的雪还未融化，初九又飘飘洒洒下起了第二场大雪，给欢乐的新春佳节更增添了几分料峭和妩媚。

微信里有一首小诗是这样描写的：是冬负了雪，还是雪背叛了冬？你本该是冬的伴侣，却跑来做春的情人。人们该赞美你的热情奔放，还是该指责你的水性杨花？你若与冬同行，或许会更幸福美满些，因为冬用它的温度延长你美丽的生命，而你却在春的天地里潇洒飞舞，阻挡了春与雨的恋情。连雪都移情别恋，这是哪方世界？

这诗写得既有几分俏皮又颇有几分深意。

我午睡起来,坐在阳台上品着香茗,望着窗外漫天的雪花,也抑制不住欣喜的心情,就邀爱人一起去外面踏雪,爱人欣然同意。

　　于是,我们穿戴好防雪服,蹬上高脚鞋出发了。

　　迎着纷飞的雪花,出了小区门,顺着公路向东而去。脚下的积雪已经越过了鞋面,我们深一脚浅一脚相携地走着。路旁的树杈、树枝、树梢上挂满了积雪,路边的植物带都披上了一层厚厚的雪衣。公路上不时有几辆出租车缓慢地驰过,防滑链碾压着积雪发出"嚓嚓"的响声。远处偶尔有几只不甘寂寞的小鸟在婆娑的雪花中飞去,落在电线杆架设起的电线上互相叽叫着。爱人陶醉在这雪景中不时地让我给她取景拍照,口中啧啧赞美:"好大的雪,真是一种享受呀!都说下雪不冷消雪冷,今天又无大风,果真不错。不来踏雪赏景,真是太可惜了!"我只是忙活着为她拍照服务。

　　越过公路,来到田野雪道上。雪花不时地飘落在脸上,略感一丝凉意,但霎时就融化了。肩上转眼就落了厚厚的一层雪花,我们一边抖落雪花一边向前走去。前面是一望无垠的田野,地里早已覆盖了一层白皑皑的雪被,麦苗躺在雪被下暖融融地做着来年丰收的甜梦。或近或远处也有三三两两的人影在踏雪,还有一个老者缓缓地在路上慢跑,冰雪泥滑却丝毫没影响他锻炼的热情。我们踏上一个较高的土塄上,放眼望去,雪花弥漫了整个天空,漫天舞动着、变幻着姿态,使人眼花缭乱。远处已经看不清村庄和山峦了,雪雾茫茫连成一片,蔚为壮观。真是"洒洒潇潇裁蝶翅,飘飘荡荡剪鹅衣。团团滚滚随风势,迭迭层层道路迷。丰年祥瑞从天降,堪贺人间好事宜"。

　　我们特意寻着无人来过的雪地,踩踏出两行深深的脚印,回头看去真是有趣极了。踏雪的乐趣使我们似乎忘却了日常的一切烦琐尘事,心情轻松愉悦了很多。

　　雪中赏景不像雨中那样有淋人的尴尬。雪中赏景的迷人之处在于全身心融入了飞舞的雪花之中,仿佛自己也变成一片片轻盈洁白纯净的雪花,蹁跹飘落,悄无声息浸入那土壤之中,滋润着万物,奉献出了一曲盎然的生命之歌。它的过程是美丽的,它的品质是纯洁的,它为孕育新生命注入了不竭的源泉。

我不由得想起苏轼的诗句："雪花飞暖融香颊，颊香融暖飞花雪。"还有李白的赞雪诗："瑶台雪花数千点，片片吹落春风香。"晶莹的雪花，不仅使人们看到了白玉无瑕的新景，更能使人们感到春天的亲近和新年的丰兆。我也许受诗人的感染，诗兴渐发，酝酿几句，以抒胸臆：漫天舞飞花，洁美似絮纱；飘洒赛鹅毛，迎春到万家。

　　我们一下午在雪中尽情玩了个够，真正尝到了踏雪的乐趣……

又见昙花

　　清晨，曙光把秋色点染成了一幅最美的画，我在晨练中尽情享受着这如画的美景。归来之时，踏着轻松的步伐，尤感一身的愉悦，觉得就连路边的小草也在向人招手微笑。

　　路过香滨蓝山东区，眼前偶然一亮，看到楼下一处角落，一株植物正开花吐蕊。我走近细观，竟是一株怒放的昙花。好惊喜！多年未见昙花了，今早在此相遇，像见了久违的伊人，心情一下又增添了几分欣喜。真是难得的花开，难得的相遇！看着鲜艳的花朵，倍感亲切，倍感珍惜。欣赏不过其瘾，心中不忍与它道别。于是，我开启手机相机，拍下了它娇美可爱的容颜。

　　我认识昙花，缘于我家许多年前曾栽过一株。那时我就对它有了好感，之后我写了一篇短文叫《昙花》，叙述了与它相识的那些小趣事。十多年后的今天，在不经意间又偶遇昙花，而且不早不晚，正逢它开花时点。难得一睹芳容，为何如此巧合？莫非前情未了？难道是专为悦己者而容？我一时异乎寻常生发灵感，俨然把自己当成了一名昙花使者，想去为它不被人所熟知的那些可贵的品质传播、颂扬。

　　午后时分，我把以上感慨和拍的三张图片用微信先发给了我的一位文友知己小百。

　　小百感到很新奇，很快发来短信说："你拍的图片确实很美。你总能用你美的眼光发现和捕捉到美的东西。这真是传说中的昙花一现的昙花吗？"

　　我说："是啊！这就是昙花。你还没有见过它的真面目吧？"

"我对花的认识了解不多，不过你喜欢的东西我也想了解。你从三个角度拍的昙花，我仔细用心看了，真的很美！很娇艳！我搜索了一下，没想到还有一个美丽的爱情神话故事。"

"神话故事？这个我还真没有去网上搜过。"

小百马上又发过一条短信说："这个故事我已收藏起来了，给你转发过去你看看。"

我说："好的。"

故事梗概是这样的：相传昙花也叫韦陀花，昙花一现只为韦陀。昙花是一个花神，她原来每天都开花，四季都很灿烂。她爱上了一个每天为她除草浇花的小伙子。后来玉帝知道了这个事情就大发雷霆，要拆散鸳鸯。玉帝就把花神贬为一生只能开一瞬间的昙花，不让她再和情郎相见，还把那个小伙子送去灵鹫山出家，赐名韦陀，让他忘记前生，忘记花神。可是花神却忘不了韦陀。她知道每年深秋时节，韦陀尊者都会上山采集凝露，为佛祖煎茶。她就选在那个时候用耗尽一整年的精气绽放出最美丽的一瞬，希望能与韦陀尊者相见一面，哪怕就一次也行。遗憾的是年复一年，花开花谢，韦陀早已潜心修道，证得混元，身归天地。昙花等了几千年，也等不来上神的一次回眸，留下了一段千古爱情神话。

我看完后给小百回了一条短信："看来每个人掌握的知识都是有限的，交流也是获取知识和互补的有效手段。没想到有这样一段哀怨缠绵的爱情神话故事。这虽是个仙凡传说，但在里边寄托的都是人们那些美好的愿望。但愿人世间有情人都会终成眷属。"

"是不是又引发了你的感慨？你这一说，我还真有点好奇想去看看。"

"好呀，来看吧！这种花很少有人栽，所以很难见到。昙花久负盛名，它花开美丽而短暂，想要一见便要苦苦守候，因此是非常珍贵的花卉。昙花其实还有一个很好听的名字，叫'月下美人'。"

"'月下美人'？很有意境。"小百接着问道，"昙花不是夜间开的吗？怎么一大早会看到？"

我说："它一般是半夜时分开，也有快到黎明才开的。这主要是受环境、温度、湿度等多种条件影响，只有适合这些条件才能开放。为何说昙花开花是很少见的，有时候要养殖三年左右才会开花。所以它开花是个好兆头，寓意着吉祥之事来临。"

"你说得好！你拍的这株昙花是不是自然生长开花的？"

"我拍的这株可能也是有心人栽到楼下的，可惜的是只有一株，平常也不引人注意。"

小百似乎带着惋惜的口吻说："你早上拍的，现在都午后了，我是没有眼福看到它盛开的样子了。"

我兴致盎然地回复道："我这个凡者看来比韦陀有幸！好赖我给你发去了图片，让你看到了昙花的真容，也算你借光了。"

"是呀，难得呀！这花真的挺神奇！不过，一株花我觉得很孤单，有点让人心疼。"

我说："这正是它的可贵之处！入世而不媚俗，不显摆，不争宠，高雅而纯洁。独特之处在于它在开花之前的孕育过程。因为在花苞形成中时间较长，观赏它花苞形成过程才是真正体味它成长的美。它的独特胜于百花。这就是我认识的昙花。"

小百深有感触地回复道："说得好！我以后得好好见识一下昙花。不过，泰戈尔说，'不要着急，最好的总会在最不经意的时候出现'。"

"是啊！有句话说得好：若心怀明媚，花草树木皆有情，云烟雨雪都入画，走过路过的均是风景。就像不经意间又见到了昙花一样。"随后我以邀请的口吻说："我们还是相约明年来看这株'月下美人'吧。"

小百欣然而有趣地回复道："一定！一定！也愿昙花这个'月下美人'最终找到她的韦陀！也愿天下的有情人终成眷属！"

我在心里对小百、对我自己，也对那些和我相识和不相识的朋友们说："昙花是美的！我愿意尽我所能做一个昙花的终身使者！"

昙花，让我们相约明年！

附： 李有诗的一首诗《韦陀花》：

捻一束月光　晕成妆　勾勒这过往

吹一瓣花香　多悠长　倚夜色流淌
我多努力的绽放　在你下山路上
而你行走匆忙　不曾一赏
惹一世凄凉　太倔强　把记忆私藏
守一时待放　等成霜　更等你思量
我多努力的绽放　化作那缕沉香
沾你袈裟两旁　愿你相望
昙花一现为谁赏
世人只道我荒唐
我错把相思揉碎　借风飞扬
开落两世清肠　昙花一现被谁伤
故人不识我模样　徒留我风中凋零
一生摇晃　月下孑影成双

三晤昙花

一个美好的愿望,在我心中已经深藏了一年,或者说是已经期待了三百六十五天。去年恰逢中秋,我与那株昙花在香滨蓝山巧遇,结下了一段难解的情缘。这中间又与我的文友知己小百盟言相邀,一定要在翌年之秋前往此地与昙花一起面晤,喜看一年一度的花开时刻。因为昙花素有难得花开、花开一现之奇称,又因为没看见周围别处有栽种昙花的地方,比较稀罕,所以"巧遇""恰逢"之事都是因缘而来。

今年预计那株昙花也在中秋前后开花,只是不知哪天哪日了。我心里早在期待着。

一位是昙花使者,一位是相邀约见昙花的友者,还有一位那就是昙花了。你可以想象,三方相聚时刻,金秋美景,花好月圆,情谊融融,那该是一个多么美好的场景和一种令人难舍的情结呀!

所谓三晤,即一晤是二十年前有《昙花》,二晤是去年有《又见昙花》,三晤也就是今年这一次了。三晤之前有个交代,我去年与昙花相晤后,由于一些特殊原因,我家临时从城里香滨蓝山搬到了城区所辖的一个矿区居住,冬春夏秋,风霜雨露,工作缠身,百般事务,我却没能抽时间去光顾那株昙花的冷热寒暑。正因为这样,我那种迫切去看昙花盛开的心情更加不可抑止了。

今年国庆节、中秋节同天相逢,又是一个长假期,十月四日那天,我有空去香滨蓝山家里要取所用物品,心想,正好顺路多转个圈就能去到那株昙花生长的地方,虽然小百没来,我先打个前哨探个究竟,等回去再邀小百一同来观赏。

一进小区,我迫不及待就去探望那株昙花。一边走一边想着它是否还像去年那样可爱娇美?是否正在吐蕊绽放?是否还记得我们之间点点滴滴的缘由情愫?我想它会知道的,因为它是有生命活力的,有生命活力的东西都是有感知能力的。

愈来愈近,我的心都有点急不可耐了。我远远就瞪着一双近视眼往前探看,还是那片小园地,还是那个角落,分明没有找错地方。

可是,可是……一种莫名的感觉悄然袭上心头,眼前的景象让我不知所措。我踟蹰着走近昙花原来生长的地方,看见那里留有一截萎缩的茎根,周围还有一小圈圆圆的土堆,旁边一棵小树孤零零在秋风里摇动着,好像在招手向谁呼喊着,想述说昙花曾经的过往……我一时愕然,不相信眼前会有如此的景象。怎么了?到底昙花遭遇了什么?是有人把它另移别处?还是无意受人践踏?还是遭受雨雪风霜的侵害而夭折?想询问个缘由,旁边又四处无人;临近的住户房门紧闭,不见人影。我在原地东瞧西望,来回转了几圈,心情忽有那种一下坠入深渊、一落千丈之感。

看不见那株曾经娇艳的昙花,使我一年来的日日期盼一下子化为泡影,仿佛托着一块精美华丽的玻璃顷刻摔在了地上,成了一片碎渣。我不由感叹,真是世事变迁出人意料,"沧海"似乎瞬间变为"桑田",让人怅然若失。我默默问自己,那种寄托着美好和情谊的相邀之约又何时能圆?

我在想,我这种一味等待去看昙花盛开的呆笨之举似有"守株待兔"那种滑稽可笑之态,可见巧遇是偶然,失遇才是必然。生活中是不是每个人都有如此类似的"打击"在考验着你对生活追求和向往的那种坚毅和耐力?

我怔怔地站在那里,迟疑了半天,然后拿起手机又拍下了三张实地图片。我似乎忘记了去家里取东西,随手给小百发了一条消息,告诉其昙花的目前"遭遇",并把图片连发了过去。

小百好像手机随时都拿在手里,短信立即秒回过来:"是真的还是假的?怎么回事呀?我正寻思着这几天和你一起去观赏昙花呢!一时没和你及时联系。昨天我还重温了你去年写的那篇《又见昙花》,谁料今日得此消息,真是太遗憾了!"

我接着回复道:"在心中珍藏了一年的期盼就这样悄悄流逝,看来很多事情总是在不知不觉中消失,有得有失是自然法则,只有心中之花才会永开不败。"

过了片刻,小百又发来短信,很有感触地说:"缘分天注定,万物不强求。这可能是冥冥之中上天安排的一份有缘而又无法再见的美好记忆吧!也许老天不想让见到昙花会触景生情想到那个美丽酸楚的神话故事给人留下的无奈吧!尘世间一个'缘'字,包含了多少情感,承载了多少遗憾。世上有多少无缘之缘,都只能是擦肩而过。缘分是一种天意,只要来过就无憾,只要相识过就知足。"

我脑际一时闪现出一句哲理,马上回复道:"是啊!走过四季,落叶知秋,美好也许不是全部的拥有!"

小百短信比我回得还快:"昙花让我们都如此感叹!你三晤昙花,次次不同,各有所获。我现在忽然有个想法,想亲手栽一株这久负盛名的昙花,亲自观赏体验一下这'月下美人'花开花落的过程!"

我接着回复过去:"你这一说,我倒有些惭愧!我自称是昙花使者,却见不到昙花踪影,自己何不寻思择一良地,去栽种许多昙花,一来可以邀挚友,二来可让更多喜爱昙花的人们观赏到它娇美的容颜以及感悟它那高洁的品质。"

小百赞许地回复道:"很好!很好!只要心中种下希望,相信美好就会有。"

我很欣慰地说:"那就让我们期待着能够拥有的那些美好吧!"

此时此刻,我的心情已经释然。即将临走之时,我望着脚下那片小园地,从内心为它曾经哺育过那株昙花而致以深深的谢意!

那天晚上,我做了个梦。梦见我游历各地山川,来到一处美丽的地方,周围山峦秀美,风光旖旎。我在那里亲手种植了一大片昙花,在金色的晨曦时分,昙花竞相绽放,鲜艳无比,娇美可爱,蔚为壮观。谁知小百也闻讯赶来,并为这美丽的昙花浇灌呵护,付出了辛勤的汗水。而后我们共同盖起了一座漂亮别致的小屋,在阳光的照耀下,处处散发着金色的光芒。不知何时,此处靓丽的盛景传到了天庭之上,玉皇大帝便派天宫大臣下凡降旨，旨意大致如下：天有所德，地有所载，爱花之深，护花之勤，为人所感，特赐封我为"昙花真朴大善使者"，赐封小百为"昙花兰若小依使者"，小屋赐名为"阳光小屋"。借此，并告知天下之人，曾经韦陀与昙花之传说，纯为凡间讹传，不符天规，以清所闻，以正清源。红尘之事，有缘相惜，多自珍重。万事万物，无常有常，天地自然，永世皆好！……我深深陶醉在甜蜜的梦境里，感觉全身上下都渐渐融化在蓝天之中。

我醒来后，回味着梦境里的点点细节，遂一一铭记在此。

正所谓日有所思，夜有所梦。这是我心中的一个美好愿望，我想把这个美好的愿望告诉所有的人，愿美丽的昙花为我们的生活增添一份美好！愿爱惜、爱恋昙花的人们都将成为一个"神圣"的昙花使者！

乡村行之喜忧思

年华逢盛世，日月谱新篇。21世纪的今天，中华民族迎来了一个崭新的时代。国家安宁，政治清明，社会繁荣，万民乐业，人们期盼美好生活的愿望越来越强烈，不仅要实现物质的富足，还要渴望有更高精神生活的富有。以前城外的人争相往城里挤，现在城里的人都往城外跑。休闲、度假、旅游、观光成为人们享受生活的一种方式。特别是乡村旅游也越来越时尚，越来越便捷。

我生活在天华物阜、山川秀美的太行山区，这一带蕴藏着丰富的旅游资源，很多地方现已开发出了不少的旅游观光景点。每到闲暇之日，我常常与家人、朋友到周边乡村景点游览。一来放松心情，陶冶身心；二来可以尽情饱览乡村自然风光，品尝地方风味特色，领略田园生活之趣，观赏现代村镇变迁之风貌。

但每次游览归来，尽兴之余不免有些感触常萦绕在心头。现就我游览过的周边一些景点的所思所感做一归纳，期望与热心关爱之士共探讨、共切磋，以至不成为无关痛痒的奢侈之谈。

感触一　乡村之喜

现代许多乡村大都在做本地域旅游特色，通过打造旅游项目，使当地乡村面貌发生了巨大的变化。旅游带动了乡村经济的发展，经济发展又推动旅游进一步开发，旅游开发了又促使城乡联动越做越好。这样一来，乡村受益，游者愉悦，何乐而不为？

好多乡村旅游景点都有各自的特色，不断吸引着无数游客慕名而至，络绎不绝。有利用人文历史厚重的古迹古庙、古镇古貌开发旅游资源的；有利用名人名家的风范轶事和名居进行弘扬推广的；有利用当地山水风光的天然地理优势和人工开凿创造的人文景观展示其风貌的；有利用田园秀美的特有姿色独辟蹊径开发景点的；等等。像相府、王府、帝陵、古战场遗址、古镇、寺庙、民居、故居、人工隧道、挂壁公路、森林公园、湿地公园、大峡谷、欢乐谷、绿色村庄、农家驿站、乡村梨花节等异彩纷呈，并使旅游与文化相结合，提升了旅游观光品位，很受观光者的青睐。

有些乡村的民俗文化做得很有品位，像晋城石崇头村的厕所就有不同的叫法，既新颖又别致。譬如，天下英雄豪杰到此俯首称臣，世间贞烈女子进来宽衣解裙，横批是愉悦身心。入内得轻松请注意卫生，来此寻方便须看清方向，横批是轻松山房。另有一处叫：郎、娘。还有一处老宅外圆圈门上用四块方砖镌刻的四个字：此间颇静。这些都让人点击赞赏。

再譬如，长治所辖东掌村尤为做得最有特色。东掌村集"中国避暑小镇""中国绿色村庄""北方最秀美山村"诸多美誉于身，是太行深处一颗耀眼的明珠。它有以下四大特点。

一是环境优美。这里三面环山、植被葱郁、山峰耸翠、风光旖旎、生态纯净，自然环境得天独厚，堪称风水宝地。特别是以"四寺八景九院"为代表的旅游景观、农耕体验与民俗文化，以及春有花、夏有荫、秋有果、冬有青的四时美景，是一处亲山、亲水、亲绿、亲氧、亲凉的度假休闲养生胜地。真乃非亲临其境而不知其醉人之感也。

二是乡村清新。那一排排朱瓦红墙的别墅，掩映在绿树蓝天之间，显得格外清新。清水河上石砌的栏杆蜿蜒着，圣泉净水饮不尽丝丝清凉。各种公共建筑、文化娱乐设施布局典雅新奇，道路两旁商铺林立，仿佛置身于闹市街头。春来花开，姹紫嫣红，丛丛簇簇，蜂飞蝶舞。房前屋后，道路街景，处处清新，整洁干净。村容村貌就像待出嫁的新娘子一样清新靓丽，楚楚动人。看得出这里是通过集体规划呈现出的各种新景象，集体富裕是内在的核心。可以说是一个新型农村之典型也不为过。这里新的醉眼，新的醉心。

三是打造奇特。奇特在于村、寺、院、景综合融为一体，而别于其他乡村非综合旅游开发之单一资源，可见匠心独运实属罕见。村：每户一套别墅，没有单户另类房屋。一排排整齐划一，已看不到旧时村落自然零乱的那些迹象。寺：沿村向东，依山而势有几处气势恢宏的古寺，有观音禅寺、佛光寺、大雄宝殿、三教堂等，器宇轩昂，清幽雅静，梵音悠扬。院：古老的青砖瓦房布局在新村别墅的北面，有豆腐坊、面粉坊、石碾坊等。在槐荫里消度清浅时光，一缕乡愁系住垄头的斜阳，窗前疏影横斜，庭院玉米金黄……景：东掌村集休闲旅游、农耕体验、民俗文化、生态采摘、生态园于一体，培植新型乡村旅游资源。金尾蓝羽的孔雀，在秦皇台下开屏；食草饮露的山鸡，在果园深处嬉鸣……这里特色诱人，诱得醉人。

四是醉美在人。乡情温暖，笑语含春，敦厚质朴，乡音诚恳。要问村民为何好？都说离不开好领导。东掌村发展至今，变化之大，最根本的就在于有一个好的领头人，有一个好的领导班子。领导班子几十年如一日带领村民走共同富裕之路，大力发展煤矿产业和其他副业，有规划地建设美丽乡村，走可持续发展之路，使昔日的穷山沟逐步变成了如今富裕文明的新乡村。可谓村美人更美！

此乃乡村之喜也。

感触二　乡村之忧

做得好的有特色的地方，有些是政府扶持，有些是集体开发，都不同程度带动了地方经济的发展，自然是锦上添花。而大多数乡村应该说是有优势而无特色，不仅无开发，甚至或多或少带来许多后患，这使人不得不感到忧伤。

一类是许多偏僻山区的自然村落，从地理环境来说，景色不是不优美，空气也不是不清新，但映入我们眼帘的景象却是：许多房屋断梁塌顶，残壁颓垣，门闩紧锁，茅草丛生，狼藉一片。村中很少看到壮男少女、嬉戏儿童，偶尔看到一些院落还住着孤寡老人。村中已看不见所谓的校室，已闻不到朗朗的读书声，有的只剩一个空寂的村落。村外的田地很多已荒芜，也看不到四处耕种的繁忙景象。秋季到来，村外的果树挂满了红红的果实，景色煞是美丽，却不见收果子的农户人家，只可惜那熟透的果实慢慢掉落在树下，渐渐腐化烂去。听老人们说，村里这些年自集体化解体后，年轻人都外出打工，孩子们也因村里合并了学校到外边或者城里去上学了，剩下的都是一些上了年纪的老人，房屋也因年久失修渐渐破败不堪。冷冷清清的村庄已没有了往日喧闹的气氛，偶尔听到几声鸡鸣犬吠和野鸟的啼叫。老人们说："年轻人都到外面去了，有的在城里买了新房，谁还愿意住在这山沟沟里。"从他们呆滞的眼神里似乎透出的是几许期盼与无奈。

还有一类是有些村庄遗留下一些人文历史和具有考古价值的名宅大院，也因长年无人居住或因当地经济困难无力开发维护，致使大部房屋风雨侵蚀造成坍塌和毁坏。如泽州山河镇洞八岭村谢氏城堡就很有开发价值。谢氏城堡的起源可追溯到公元前的西周时期，据世代传承和现有史料考证，谢氏城堡是公元前821年被周宣王封为古谢国诸侯元舅申伯，凭借其政治地位和雄厚的经济实力在西周腹地购置风水宝地，因地制宜，从地下、屋内、房顶三位一体完整规划了城堡的防御体系，在太行山南巅历经数十年修筑了具有立体防御网络体系的诸侯王城址规模的避暑山庄，距今已有近三千年的历史。谢氏城堡现在遗留的古文化是周天子的文化遗存和诸侯王申伯的文化体系。现存的谢氏城堡大部分是元末明初在原址上重建的。占地面积三万余平方米。

在中华民族五千年的文明史的摇篮里，谢氏城堡就有三千年左右的文化积淀，是回眸历史的一处绝佳窗口，素有"太行第一堡"之美誉，也被许多知名人士评价为：炎黄文化史的"活化石"，中华民族儒道文化的载体。遗憾的是人去城空，失去了昔日的生活气息，在风雨飘摇中衰败残破。我有幸走近风烛残年的谢氏城堡而引发思古之幽情，深感古村落的凋零也是民族文化的衰落。冯骥才先生于2012年4月5日亲临此地考察时曾题词呼吁："古村哀鸣，我闻其声。巨木将倾，谁还其生？快快救之，我呼谁应。"

此乃乡村之忧也。

感触三　乡村之思

现代乡村旅游建设重在要有特色，特色做好了，才能获得经济效益和社会效益双丰收，反之则不达。

纵观许多现象有好的也有不好的。好的现象是利用现有资源进行开发，协调发展。不好的现象一是过度开发，大兴土木，新造景点人为建设。这种大建、滥建、仿建古迹，劳民伤财则是不可取的。因为许多古迹古貌虽反映了古代一时的繁荣兴盛，但其中却折射出古代劳动人民多少的辛酸与悲苦。二是复古严重，即祭祀繁缛，封建礼仪浓重，丧失了文化传承的意义和真谛。特别是中国几千年封建宗法制度等都是套在人民身上的精神枷锁，这些都是应该摒弃的。三是在传承中曲解历史，随意诋毁历史等现象。我们保护的是历史文化的精髓，不是保护历史文化中的糟粕。20世纪的"五四"新文化运动，打倒孔家店，破四旧、立四新等不是空穴来风，这些都是有它必然的社会根源。四是好多村镇翻修的古建筑都是用现代钢筋水泥结构砌建的，含有文化历史渊源的古屋古楼已失去了原貌，很多民俗文化已丧失殆尽，甚至造成许多建筑雕饰人为破坏、盗卖严重。叹息心痛，深感遗憾！值得反思！

此乃乡村之思也。

乡村之喜可贺！乡村之忧可叹！乡村之思可悟！之喜可贺不忘忧，之忧可叹应警醒，之思可悟尤需行。毕竟我们已跨入一个日新月异的时代，国家的昌盛、民族的富强、人民的幸福是我们不懈的追求。传承历史文化，开启美好生活，在发展中解决不足，在循序渐进中排忧解难，在创造物质文明的进程中创造精神文明，不断提升文化品位，相信我们的乡村建设将会越来越美好！乡村的旅游文化越做越红火！

（四）
人性一瞥

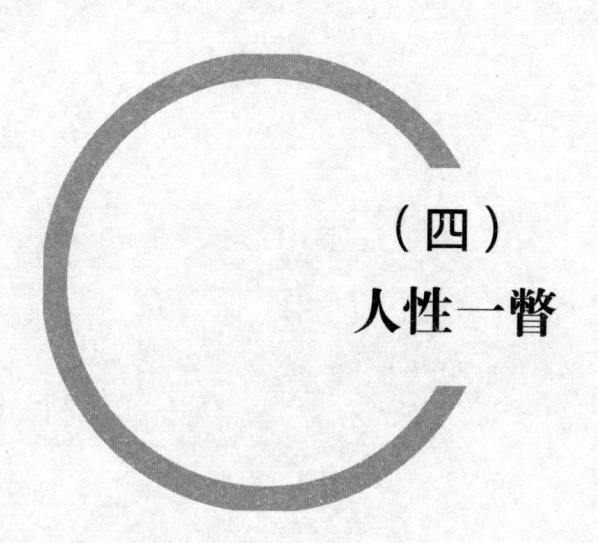

(四)

古人集計

新 人 性 论

中国古代哲学思想中就有关于人性的讨论，其中"人性善恶"又是争论最激烈的议题，两千多年来众说纷纭，莫衷一是，从未有过一个公论。就连西方的哲学家黑格尔也没有逃脱出人性"善"与"恶"的窠臼，他说："人们以为，当他们说人的本性是善的这句话时，他们说出了一种很伟大的思想，但是他们忘记了，当人们说人的本性是恶的这句话时，是说出了一种更伟大得多的思想。"

古人对人性的见解和说法，后人在分析和甄别的基础上，逐步有了更清晰的认识，特别是后来哲学思想的发展以及社会学等新兴学科的兴起，对人性的分析更趋于成熟。马克思在《资本论》第一卷的一条注脚中曾指出：探讨人性"就首先要研究人的一般特性，然后要研究在每个时代历史地发生了变化的人性"。

为了对人性问题有一个清晰的梳理，我把名贤哲人对人性的探讨兼收并蓄，去粗取精，存真弃繁，并揉之于我个人的一点浅学，提出来供大家斟酌。

我们先看历来人性之说，主要有以下六种。

一是"人性两分"：最早关于人性的讨论始于孔子，《论语·阳货》记载，子曰："性相近也，习相远也。"这是孔子对人性的阐述，分为"与生俱来的天性"和"后天学习来的习性"。

二是"性善论"：孟子主张"性善论"，此说流布最广，影响最大。细考孟子所谓"人性"，实则并非人之本性，乃人异于禽兽之特殊性，被称为"端"。孟子曰:"人之所以异于禽兽者几希,庶民去之,君子存之。""恻隐之心,人皆有之;羞恶之心,人皆有之;恭敬之心,人皆有之;是非之心,人皆有之。恻隐之心,仁也;羞恶之心,义也;恭敬之心,礼也;是非之心,智也。仁义礼智,非由外铄我也,我固有之也,弗思耳矣。""恻隐之心,仁之端也;羞恶之心,义之端也;辞让之心,礼之端也;是非之心,智之端也。人之有四端也,犹其有四体也。"孟子的"性善论"是说:人的心中天生就有区别于动物的恻隐之心,羞恶之心,恭敬之心,是非之心。这四端是善的萌芽,经后天学习扩充,就能生发出仁义礼智四善,所以人性善而兽性不善。

三是"性恶论":荀子反对孟子,力主"性恶论"。细品发现,荀子之"性"并非孟子之"性"。荀子曰:"生之所以然者谓之性。"继而又言:"不可学不可事而在人者谓之性,可学而能可事而成之在人者谓之伪,是性伪之分也。"荀子开宗明义提出他的"性恶论":"人之性恶,其善者伪也。今人之性,生而有好利焉,顺是,故争夺生而辞让亡焉;生而有疾恶焉,顺是,故残贼生而忠信亡焉;生而有耳目之欲,有好声色焉,顺是,故淫乱生而礼义文理亡焉。然则从人之性,顺人之情,必出于争夺,合于犯分乱理而归于暴。故必将有师法之化,礼义之道,然后出于辞让,合于文理,而归于治。用此观之,然则人之性恶明矣,其善者伪也。"荀子的"性恶论"是说:遵循孔子最初对人性的两分,"性"是"与生俱来的天性",而"伪"则是"后天学习来的习性",是"人为(伪)"。"凡人之性者,尧舜之与桀跖,其性一也。君子之与小人,其性一也。"荀子提出自己的主张"化性起伪",意即用后天"人为"的道德规范和法制去超越人性,促使人性改变而趋善。他写道:"故圣人化性而起伪,伪起而生礼义,礼义生而制法度。"

四是"性无善恶论":除孟荀两家互相反对的观点外,还有《孟子》书中论敌告子的"性无善恶论",善恶均为后天养成。

五是"性兼有善恶论":王充《论衡》书中讲的周朝人世硕的"性兼有善恶论",后天养善则善长,后天养恶则恶长。

六是"性情三品":董仲舒、王充、韩愈发展的"性情三品"说,把性与情分为上、中、下三品。

以上六种对人性的论述，各执一端，各持己见；均言之有理，持之有故，然难以取得公认。

另外值得一提的是，关于人性问题的论述，当代一些哲学家从社会性角度也提出了不同的观点（即唯物史观对唯心史观、二元论、庸俗唯物论和形而上学的批驳），这些都值得我们深刻探讨。

通过对人性论各种观点的认识，我们有了一个大致的了解。为了区别以往纷繁的人性之论，在借鉴和吸收的基础上，就需要对人性进一步的总结和剖析。因此，我提出新人性论，予以标新辨别。

新人性论分三个方面进行阐释，即本性同一、天性各异、习性相远。

一、本性同一

现代社会学研究理论告诉我们，人类是自然界长期进化的结果，从进化论的角度来说人是高级动物。但是，现实社会中的人绝不只是动物，而是有意识、有文化，以行为规范指导其活动的社会生物体。人的社会生物体属性包含两种，即自然属性和社会属性。从自然属性来分析，自然属性是人与生俱来的属性，即其生物性。人的生物性表现为人首先是一个生物体，是有生命的动物。另外，人的生物性还表现在人的本能。本能是人生来就有的能力，是满足生物体的内在需要的能力，例如，人的基本获取食物维持机体需要的能力，人体自我调节维持体内平衡的能力等。随着生物体的发育，人的这种能力会得到明显的体现。

古人说："食色，性也""饮食男女，人之大欲"，就是指人的自然本性。从这一点上讲，人的自然本性也就是人的生物性，与动物的"动物性"是一样的。羊有跪乳，牛有舔犊，鸟有反哺……这些都说明动物都具有原始的和自然的本能、本性；人有亲子之爱和爱美之心等，也说明人的本性也没有脱离这一原始的同一特性的范畴。

从自然属性来看，不存在"善"与"恶"。植物枯荣、动物生死是生物在自然界的新陈代谢。大鱼吃小鱼，小鱼吃虾米，牲畜以草食为生，野兽以猎捕牲畜维持生命……这是自然界保持生态平衡的规律。牛、羊天生是食草动物，老虎天生是食肉动物，螳螂捕蝉，麻雀在后，生物链一环套一环，此消彼长，彼消此长，形成了丰富多彩的自然界。如果用"善""恶"论来分析，老虎捕食猎物是血腥的，是"恶"的，那老牛吃草就是仁慈的、是"善"的吗？所以，一切生物在自然属性上是没有"善"与"恶"之分的。

二、天性各异

天性实质就是个体生命中受遗传基因的影响，生物内部各因子构成所致的个体特质。本性是对人这一集合体的共性的分析，天性是对人的个体特质的分析，两者都属于人的自然属性范畴。每个人的天性与别人相比都有差异，只有相似，没有相同，就如同世界上没有完全相同的两片树叶一样。天性不像人的容貌那样直观，它是通过人的肢体表露、语言表达、行为处事等多方面因素才能体现出来。天性是不能被"克隆"的。

天性中包含了三种因素：心智、智能、性格。

心智：心智在人的天性中的表现形式：一是利己（私欲心），二是利人（公益心）。这种私欲心和公益心在每一个人的天性中成分是不一样的，按百分比表示，就是所占的百分比是不一样的。利己少，利人多，公益心偏强，私欲心偏弱；利己多，利人少，私欲心偏强，公益心偏弱，皆乃天性也。天性是不变的，就像一座房子，主体结构是不变的，变得是房屋的装饰。天性就是主体结构，后天习性就是房屋的装饰（后面将提到习性）。

公益心偏强，在行为表现中的反应就能受到大众的认同、接受、赞誉；私欲心偏强，在行为表现中的反应必然受到大众的排斥、反对、唾弃。这就是所谓的是非观（公理）。也就是说，是多非少或者非多是少天生存在于天性中，不能简单断定天性就是善的或是恶的。

智能：智能是人体大脑发达的高级智慧的因素，与低级动物原始的本能已经有了截然的不同。智能又有高低不同程度之分，因人而异。有人天生丽质、天资聪慧，有人天生愚笨、反应迟钝，更特殊的还有低智能儿。这都是生物遗传基因及多种先天因素所致的。但智能还有一个特殊的表现就是：有的人在某一方面智能强，在其他方面智能弱；有的人在某一方面智能弱，在其他方面的智能又相对强。

性格：每一个人在同一特性的基础上，又存在千差万别的个性，即性格。性格也是每一个个性的天性。

对性格的研究，国内外专家学者有不同的分类和论述，林林总总，不一而论。由于性格现象的复杂性，目前也还没有一个公认的统一的分类标准。流行的分类方法有下述四种。

第一种分类方法：按心理过程的优势方面把性格分为四类。

理智型——以理智来衡量一切并支配行动。

情绪型——情绪体验深刻，行为主要受情绪影响。

意志型——有较明显的目标，意志坚持，行为主动。

理智-意志型——兼有理智型和意志型的特点。

第二种分类方法：按心理活动的指向性把性格分为两大类。

内倾型——重视主观世界，常沉浸在自我欣赏和幻想之中，仅对自己有兴趣，对别人则冷淡或看不起。

外倾型——重视客观世界，对客观的事物及人都感兴趣。

通常人们把内倾型称为内向，外倾型称为外向。

第三种分类方法：按个性的独立性将性格分为两大类。

独立型——独立思考，不易受干扰，临阵不慌。

顺从型——易受暗示，紧急情况下易慌乱。

第四种分类方法：按人的情绪特征将性格分成以下五种类型。

A型——情绪特征不安定，社会适应性较差；性格粗暴，脾气急躁，争强好胜，急于求成；群众关系较差，容易和他人发生摩擦，不注意改进，这种倾向更为强烈。

B型——情绪特征和社会适应性都较为平稳，但缺乏主导性；交际能力不强，智能也不太发达；其精力、体力等都平常；平时既不想做先进，也不甘落后。

C型——情绪特征安定，社会适应性良好；不急不躁，性格温顺，较稳重，不得罪人，有一种老好人的味道；但较被动，领导工作能力差。

　　D型——情绪特征安定，社会适应性强，群众关系好；有工作能力、组织能力；工作认真负责，积极主动，肯动脑筋，能独当一面。

　　E型——情绪特征不安定，社会适应性差；喜欢独自思考问题，不太与人交往，平时很少出门，有自己的偏爱和兴趣；在专业研究和业余爱好方面，有钻研精神，具有一定的修养和专长；性格较孤僻、清高，常感"怀才不遇"，对现实某些问题看不惯，又不想去改变。

　　第四种分类方法是近几年流行起来的。按照这种方法分类，A型性格是最差的，D型是最好的，其余几种性格也应发扬优点，克服缺点。

　　以上通过对人的心智、智能、性格的分析，可以看到，人的心智、智能、性格的不同因素组成了千丝万缕的经纬网，决定了一个人的天性。无论如何错综变化，天性是伴随着一个人一生的行程而不离始终的。正所谓"江山易改，本性难移"也说明了这个道理。

三、习性相远

　　习性是指人的后天习性，是人作为高智商的动物通过模仿、学习、总结而获取的经验、知识、本领的不同而导致个人素养的不同。后天习性源于人的社会属性范畴。人的后天习性主要受社会属性的影响而左右。人生活在社会中，人由自然关系带来了自然属性，又由社会关系造成了社会属性。社会属性是人作为高级动物必然由社会的伦理、道德、宗教、信仰、法律、制度等去规范和约束的，由之产生的是非观、道德观、善恶观等也都带上了社会属性的符号。

　　人的后天习性有三种情形。

　　第一种情形是：天性（心智）→ 后天习性（顺心智）→向正方向发展

　　也就是说，一个人天性（心智）中公益心偏强，在后天习性的培养过程中，又受公益性质的因素的熏陶，公益心更强，私欲心更弱；一个人的天性（心智）中私欲心偏强，在后天习性的培养过程中，又受到私欲性质的因素的袭扰，私欲心会更强，公益心会更弱。

第二种情形是：天性（心智）→后天习性（逆心智）→向正方向发展

也就是说，一个人天性（心智）中公益心偏强，在后天习性的培养过程中，不受私欲性质的因素的影响，或者说抵御了私欲性质的因素的影响，公益心仍然向偏强的方向发展；一个人天性（心智）中的私欲心偏强，在后天习性培养过程中，不能接受公益性质的因素的影响，或者说仍然排斥公益性质的因素的灌输，私欲心自然向偏强的方向发展。

第三种情形是：天性（心智）→后天习性（逆心智）→向逆方向发展

也就是说，一个人的天性（心智）中公益心偏强，在后天习性的培养过程中，抵御不住私欲性质的因素的袭扰，私欲心不断膨胀，在行为表现上反映出向私欲心方向发展。一个人天性（心智）中私欲心偏强，在后天习性的培养过程中，受社会环境、行为规范、道德伦理等方面的约束，在行为表现上反映出向公益心方向发展。

以上三种情形已经表述得很清楚了，我们不妨再换一种口吻阐述一下可否？古人曾说："近朱者赤，近墨者黑。"道理很简单，我们把这个简单的道理依据以上三种情形可以引申成：

朱，近朱，则更赤；墨，近墨，则更黑。

朱，近墨，则不黑；墨，近朱，则不赤。

朱，近墨，则变黑；墨，近朱，则变赤。

从以上的辩论关系中，可以反映出天性与后天习性的情形和趋势。因此说，人性同一、天性各异、习性相远，是从人的自然属性、社会属性方面进行的分析，它们相互渗透，形成了人性的结构形式。

据上述分析，我们可以说，那种把人性简单用"善""恶"来断定的方法是不确切的。"善""恶"实际只是对人的天性中的公益心、私欲心与后天习性相互作用所表现出来的行为的界定，不只是人性的全部。人的某一行为表现符合公益心和社会伦理道德的时候，人们就说他是"善"的；当人的某一行为不符合公益心和社会的伦理道德的时候，人们就说他是

"恶"的。有人是站在人的自然属性上论述人性的，有人是站在人的社会属性（或阶级性）上论述人性的，这种用局部代替全体的认识显然是片面的。人是自然发展的高级形态，是社会历史的产物。自然的规定性和社会的规定性对于人是同时存在的。人的社会性，包括他的各种创造能力都是在自然属性的基础上发展起来的，同时人的社会性又促使人的天性向前发展，与一般动物区别开来，而且越来越拉开了距离。所以在人性之中、人的社会性又随着文明的发展，日益居于主导地位。所以人性不仅是丰富全面的，而且是变化发展的。所谓永恒的人性，抽象的人性是不存在的。

总之，我们在建立共识的基础上，可以再一次反复地说：人性有三个特性，即人性同一、天性各异、习性相远。人性又有两个属性，即自然属性和社会属性。三个特性中的人性同一、天性各异属于自然属性范畴，习性相远属于社会属性范畴。

社会生活中之所以对人性有林林总总的说法，就是因为没有真正辨清人性的特性和属性的范畴，或者说是每个人对人性知识的了解不够。当然，人类对自身的了解认识也是个漫长的过程，需要一点一点去长进，我们应该充分认识到这一点。

如果孔老夫子仍健在的话，历经几千年对人性之争论，一定会三思而弃"人性两分"说，对人性问题做出更全面、更精辟的论述。

人性的未来

大凡分析过人性，特别是看过《新人性论》的人们都应该有这样一个共识：人性有三个特性，即人性同一、天性各异、习性相远。人性又有两个属性，即自然属性和社会属性。三个特性中的人性同一、天性各异属于自然属性范畴，习性相远属于社会属性范畴。

《新人性论》中曾引用过马克思在《资本论》第一卷的一条注脚中的一句话：探讨人性"就首先要研究人的一般特性，然后要研究在每个时代历史地发生了变化的人性"。社会生活中之所以对人性有林林总总的说法，就是因为没有真正辨清人性的特性和属性的范畴，或者说是每个人对人性知识的了解不够。当然，人类对自身的了解认识也是个漫长的过程，需要一点一点去长进，我们应该充分认识到这一点。现在我们不妨对人性的未来做一点探讨，以此增进对人性的认识。

我们暂且对人的自然属性不论，从人的社会属性看，人是社会的生物体，人有别于其他生物种类。人的生存状态不是其他生物种类那种原始的、简单的、本能的生存状态。人的社会活动是一种有意识、有目的的社会活动，是一种高级的生存状态，这就形成了人的社会属性。

人的社会属性自然要求社会中的每个人都要遵从社会一定的秩序和价值观，并按照一定的秩序和价值观去运行。这就使每个人的习性在遵从社会秩序和价值观中演绎着不同的角色。

人类社会是不断由初级向高级发展的，每一个时期（譬如原始社会、奴隶社会、封建社会、资本主义社会、社会主义社会以及发展到将来的共产主义社会）的社会秩序和价值观也是在不断地变化发展的。每个人的不同习性在不同时期有不同的价值取向。随着社会由低级向高级发展，人的不同习性也随着由低级向高级形态发展，并呈渐近状态。譬如，奴隶社会时期，同样都是人，却有奴隶主和奴隶之分。人的不同习性是在奴隶主和奴隶这种社会等级下发生着不同的角色演变。中国封建社会时期，崇尚仁义道德，提倡三从四德，人的不同习性在社会生活中也总是囿于封建制度的条条框框之内发生着各自的变化和作用。这就是说，一方面人类的生活条件不断改善，社会文明不断向前发展。另一方面每个人的不同习性在社会生活中也随着社会的向前发展改变着。但无论哪个社会发展时期，每个人首先是要生存的，当一个人不能维系生存或者是客观条件已经威胁到既得利益的时候，人的习惯往往不是循着他固有的公益心（利人）方向正常发展，而是更多趋向于私欲心（利己）方向发展。正所谓"自私自利""人没足尽水没纹""人心不足蛇吞象"也是这个道理。如果光凭自省、自悟、自觉、自律，而没有社会制度、规范、道德约束，是不能达到效果的。

　　当社会的规范效力不能抑制人的私欲心（利己）、不能抑恶扬善的时候，社会不公以及丑恶现象就会出现，就会蔓延，就会兴风作浪。社会的清明与恶浊就体现在这里。于是就出现了不同的世界观、不同的说教、不同的消极避世的观点。所谓的世态炎凉、人情冷暖，在社会生活中处处可见。佞人当道，忠良遭贬，指鹿为马，黑白颠倒……人的习性也在或多或少受着社会环境的影响而改变着原有的特性。

　　我们曾经大力倡导过的"大公无私""斗私批修""毫不利己，专门利人""龙江风格"等，实际上是从人性的角度去弘扬一种社会的风格、社会的正能量。一个清明的社会必然是一个充满了正气、充满了正能量的社会环境。从一个单个的人来说，使一个公益心（利人）偏强的人在充满正能量大环境的影响下，个人的习性越来越向着公益心（利人）方向发展；使一个私欲心（利己）偏强的人也在社会强大的正能量的驱使下，个人的习性逐渐使私欲心（利己）变弱，而公益心（利人）越来越向着正能量方向变强。从整个社会来说，正能量强大了，并逐渐变为主流，非正能量就萎缩了，并逐渐变为了非主流。当然，任何事物都不是绝对的，总有一些邪恶的东西还在像跳梁小丑一样做着垂死挣扎，不愿退出它的舞台。如果用短视的眼光只能看到眼前的蝇营狗苟；如果用发展的眼光、宏观的眼光看社会的发展，那些人性中丑恶的现象终究会被历史的车轮碾压的粉身碎骨。

我们相信，人类总是在不断发展、不断进化、不断走向完美，总是在离愚昧、丑恶的东西越来越远。在社会这个大家庭中，人性越来越美好，越来越走向更高的发展阶段。

人性的未来已经散发着熠熠光芒，就像毛泽东同志在《星星之火，可以燎原》一文中说的那样："它是站在海岸遥望海中已经看得见桅杆尖头了的一只航船，它是立于高山之巅远看东方已见光芒四射喷薄欲出的一轮朝日，它是躁动于母腹中的快要成熟的一个婴儿。"

我们正迎接着未来、走向未来。

从烟火红尘中走来

世界很奇妙，日月山川，风云雷电，昼夜更替，星移斗转，夏炎秋凉，冬寒春暖，宇宙莫测，自然玄奥……

一声呱呱坠地，我们就降临到了烟火红尘的人间，从此每个人就开启了自己的人生之路。

"我是谁？我从哪里来？又到哪里去？"古希腊思想家、哲学家柏拉图最早提出了人生三问。时至今日没有谁能很准确地完全解答清楚这个看似简单而又复杂的哲学问题。

借此话题我们就来探讨一下有关人的品行认知。

人是什么？人是社会生物体，是大自然的精灵，喜怒哀乐，爱恨情愁，演绎着人世间的万般变化。山间有荆棘，丛中有翘楚，荆棘矮而丛生，翘楚高而娇姿。人也如此，形形色色，凡优俱存，凡者为众，优者为寡。凡众优寡，到底是怎样的情形呢？辨析可知。

把凡与优按品行程度不同就可分解排列，分为十类。即恶、劣、庸、俗、凡、优、能、智、杰、伟。

前两类和后两类在总体中占比少，中间类在总体中占比多。"凡"以下可归属凡类，"优"以上可归属优类。无论哪一类，都有七情六欲，都食人间烟火。世人常说的所谓平庸、庸碌、无为、俗子、凡夫等主要指"凡"类以下的品行概述。优秀、非凡、杰出、伟人等主要指"优"类以上的品行概述，"优"类以上在品行、社会认知能力、行为能力等方面已有了逐级不同的高度。

可以说，作为一个生物意义上的自然人都是平等的，作为一个社会人，各种差别的存在就有了高低之分。当然每个人的脸上不会贴标签，不会按照每类人的品行划分去占队。

在这里，所说的十类品行不能以拥有财富的多少来套类别，财富本身是有变数的。财富多不一定品行好，财富少不一定品行差（当然也有财富多品行好，财富少品行差的）。因为社会物质财富的分配渠道不同，造成了人们生活状况穷富不等的现象存在。有人生来就在富窝里，即利益既得者；有人通过各种生存手段获取了更多的财富；有人通过自己的努力奋斗也成了一定财富的支配者。虽然在富有者人群中，有些人认知能力、行为能力也较高，但因为品行缺失，德不配位，还归属于"凡"类以下之列。相反，很多仁人贤士成就不少，品行高洁，却与财富生来无缘，清廉如水，仍归属于"优"类以上之列。这两种现象在总体现象中属于少数，不是普遍现象，不足为怪，不影响按其品行在十类人中的等次归属。社会生活中鱼龙混杂、真假美猴王现象很多，最容易混淆世人的判断力。

庸俗凡在中间类又相对占比多，基本上构成了社会的主体，所以常有俗世、通俗、平凡之称谓。品行越低，越趋向于低级类状态；品行越高，越趋向于高级类状态。

还有那些所谓看破红尘、隐身避世、消极清淡之人，虽然有一定的认知高度，也按品行归属其类。尤其那些品行高尚、有为于社会、有益于社会的人，人生价值取向必是弃凡从优，积极入世，成了社会正直向上的中流砥柱。

烟火红尘中，人的品行不一，认知境界也不同，但总有些美好的东西蕴藏在人们的生活中，乐观态度，阳光心态，真情爱心，社会关怀……都是激发我们去创造美好生活的动力。

当然，随着社会的进步和人文水平的不断提升，人们普遍的认知能力会不断提高，会越来越脱离凡俗庸碌，逐渐向较高优势发展。

厘清了相关人的认知方面的问题，我们就能更好地认清自己在人生阶段的定位，并通过不断努力，绽放出自己应有的精彩，体现出自己的人生价值。

（五）
勤业铭心

为长平人而歌

公元二零零三年初,丹朱岭迎来了一群头顶矿灯的矿工。他们带着希冀和重托,踏上了这片未开垦的处女地。双手掬起甘甜的丹河水,洗去一路风尘,点燃轰鸣的鞭炮,唤醒了沉睡在长平大地之下亿万年乌黑的金子。古长平之战的烽火硝烟曾熏染了这片古老的土地,翻过千年悲壮的时空岁月,这里必将迎来一场人与天地大奋斗的鏖战。

随着长平公司的投产运行,企业踏上了飞奋的进程。多么耀眼而响亮的名字——长平公司。这是一个由长平人组合而成的集合体。因集合而抽象,因分散而具体。一块长平人心中的名牌高高举起——"老矿闯新路,拼搏铸辉煌"。长平人秉承这种信念和精神,从无到有,从小到大。调度楼里决策层规划了发展蓝图,煤海深处一线矿工洒下了辛勤的汗珠,洗煤车间开启了轰鸣的机声,后勤部室擂响了催征的战鼓……从投产运行时的120万吨生产能力,几年间逐步发展壮大到年产600多万吨的现代化企业,一跃成为集团公司几大主力矿井之一。

光阴匆匆,足迹点点,丰碑上记载着硕硕佳绩:生产捷报频传,效益连年翻番,职工收入增加,矿区面貌巨变。长平公司的发展蕴含了多少长平人的心血,长平公司的壮大蕴含了多少长平人的贡献。传奇的故事在这里颂扬,感人的事迹在这里涌现。这里摄下了一个个长平人的不眠之夜,这里谱写了一曲曲开拓者的奋斗足迹。

我是长平公司的一名员工,深感自豪和骄傲。我更是一名普通的共产党员,更感到肩上的责任和重担。虽然经济风暴来袭,煤炭市场冲击,我们应积极准备,危中寻机,迎接挑战。高楼大厦需要一砖一瓦来铺垫,企业的腾飞需要每一个员工去努力。无论是井下还是地面，都需要有无数默默劳作的员工，都需要有无数身先士卒的共产党员。一点一滴融化在岁月的长河，一言一行体现在煤海的各条战线。尽管还有世俗的纷扰，尽管还有丑恶的显现，但是正能量终究还是主线。君可见，鲜花佩戴在劳模的胸前，荣誉镶嵌在爱岗敬业者的笑脸，歌声荡漾在劳动者的心田……

　　以自己做标杆，从自我做起，超越从前。把更多的误会抛在一边，让理解的双手紧紧相牵。只要有真正的付出，真情总会在人生中闪现。每一名员工都是一条小溪，每一名共产党员都应是创先争优的模范。千万条小溪汇流成河，无数的模范开启起长平公司的这条大船。转型跨越谋发展，砥砺奋进创奇迹，面临危机不退缩，乘风破浪终向前。

　　长平人的精神给了我勇气，长平人的热血给了我力量，长平人的生活给了我智慧，建设美丽的长平，建设美丽的家园，尽一个员工的责任，尽一个共产党员的奉献。

　　举杯高歌，集团公司跨入世界企业500强的行列；激情豪迈，长平公司一如既往将冲在浪潮的前面。从创业走向辉煌，从逆境走向希望，长平人凝心聚力，勇于担当，无所畏惧，共筑梦想。擎起责任与使命的大旗，长平人正浩浩荡荡奔向更高的山峰。

　　长平人是最美的人，

　　我爱最美的长平人！

三代矿山情

这是我们一家三代的故事。

我们是普普通通的矿工之家,一代艰苦创业、二代奋斗接力、三代春秋续写。喜逢长平建企六十华诞,追忆往昔韶华岁月,思绪翩翩,感慨万千,虽没有惊天动地的伟业,没有骄人可叹的奇迹,但在企业奋斗的每一个日日夜夜都牵系着我们的心。从普通的日常工作生活中无不透露出我们与企业同呼吸、共命运的情怀和眷恋。那高耸的丰碑上也将镌刻着每一个普通劳动者的心血、汗水和足迹。

父 辈

我的父亲是一名普通的煤矿工人。建矿初期,正是20世纪五六十年代,国家百废待兴,经济建设还处于初期阶段。那个时候物资匮乏,条件简陋,环境恶劣,特别是煤矿井下作业更是艰难。世人把井下比作"四块石头夹一块肉",那种"走投无路下煤窑"的陈旧观念还留存在人们的思想意识中。而现实条件也确实让人感到从事煤矿工作胆战心惊,因为那个年代每年井下都要牺牲几条人命,造成很多家庭生活不幸。

就是在这样的艰苦条件下,1959年,我的父亲毅然从农村走来,投身到了王台铺矿,当了一名煤矿工人。矿上白手起家搞建设,没有场所,没有住房,没有澡堂。工人们下井一身汗,上井一身黑,吃的窝窝头,睡的简陋屋,千般苦万般难,天天咬牙坚持干。如果生产完不成,年底还要放"高产"。虽然这样,我的父亲同大家一样吃苦耐劳,踏实肯干,发扬"一不怕苦,二不怕死"的精神,默默为矿山的建设奉献着自己的一切。

父亲经常给我讲起他工作中那些艰苦奋斗、顽强拼搏和对本职工作执着追求的事情。其中有一件小事,我至今记忆犹新。有一次因倒班休息,父亲和一位矿上老乡骑车回了老家,说好第二天准时返矿。谁知翌日返矿途中,那位老乡赖着不想上班,非要多待一天。他缠着父亲硬是返回了家。父亲心里一直放心不下班上领导安排的事,更何况不请假就要旷工,还要影响和拖累其他工作,这种事情他是绝对不会干的。他思虑再三,最后决定还是一个人骑车搭黑赶回到了矿上。

父亲这种对工作踏踏实实、认真负责的敬业精神深深感染着我。后来,父亲由于身体原因,先后调动到井下辅助、地面单位工作。无论在哪个岗位,他作为一名普普通通的工人,总是勤勤恳恳、兢兢业业,无怨无悔干好自己的一份本职工作。

我父亲于1983年退休回了老家,闲时还常常问起我工作上的情况,聊聊矿上的一些趣闻逸事,总感觉有一种牵扯不断的情愫萦绕在心间。想起父亲曾经在工作中的那些点点滴滴,给我留下最深刻的印象就是——思想好,肯吃苦,讲奉献。

子　辈

我是20世纪70年代末中学刚毕业就参加了工作,来到王台铺矿当了一名掘进工人。20世纪70年代末至80年代初,煤矿的生产、生活条件已比五六十年代有了很大的改善。地面生活设施都已具备,井下掘进设备已经有了扒煤机、溜子机。那时正处于改革开放初期,煤矿机械化程度还不是很高,井下许多工作仍需人力去干,条件仍很艰苦。掘进工作面要人工放炮、人工架棚、人工搬运材料。我那时刚十七八岁,老工人们常说:"十七十八力不全,二十四五正当年。"我个子矮、力气小,干起活来很吃力。记得我们有几个月是在一个盘区打掘进,每天要经过一条老巷道,因为地质压力大,那条巷道底面每天一点一点一直往上"鼓",后来巷道"鼓"得离顶板只有七八十厘米高,为了赶进度,每班还要爬着往里拖木料，条件艰苦的真是无法形容。有时候生产任务抓得紧，往往忽视安全工作。下班累了不想走路，经常扒着大巷的运煤车往外跑，有时为了少走几里路就爬在运煤皮带上往外溜。有一次巷道冒了顶，刚开始铁丝网顶上裂开了个口，往下冒了一堆矸石。当班排长是个急性子，吼着要大家赶紧清理了矸石好走进度。班长提醒他有危险，排长愣是听不进耳朵。谁料想眨眼工夫，顶板上"哗哗"又往下冒开了矸石，把巷道堵得严严实实。其他人急忙往外跑，排长没躲离，被冒下的矸石推倒在煤帮上，差点发生人命事故。大家赶紧跑过去抢救，排长胳膊骨折受伤，只好把他抬上井治疗休养。可见井下安全工作有多么重要。忽视安全固然不可取，但老工人那种不怕苦、不怕累的精神使我非常敬佩。这也是那个年代所特有所难忘的东西。时光就这样一天一天在我们的拼搏中逝去。

我后来由于工作关系也调动了几个单位，父亲曾告诫我："你不管到哪里干，都要踏踏实实做人，遇事不要怕吃苦，不要怕吃亏。"至今我把父亲朴实的话语一直记在了心里。我几十年的煤矿生涯，从来没有旷过一次工，没有休过一次探亲假。后来我通过自己的努力，在工作中也取得了一些成就，并获得了函授本科毕业证书和经济师职称，还光荣地加入了党组织，成了一名优秀的共产党员。

光阴荏苒，日月如梭。从血气方刚到白发暮年，几十年来我在工作中不断学习，勤奋工作，积极上进，为企业的发展贡献出了一分光和热。

回顾自己走过的工作历程，感慨万千。我们这一辈人虽然不同于父辈，但也不同于小一辈，我们起着一种传承的责任和使命。

小　辈

我的儿子上大学时学的是煤炭主体专业，2013年毕业后分配到了长平公司综掘队工作。他当时曾受到社会上一些时潮影响，一度想去外地谋业。后来经过思想认识上的转变还是打消了原有念头，对矿山有了更深的了解，毅然拿起了接力棒，当上了煤矿工人，成了长平公司大家庭的一员。

现在矿上的条件比以前不知好了几百倍，发生了翻天覆地的变化。机械化程度提高了，交通便捷，信息化普及，这是年轻一代的福气，赶上了好时候。但是年轻人普遍存在的问题就是比较浮躁。我总是通过自己的努力，总想为小一辈做一个好榜样。我也曾亲口对儿子说："你现在到了长平新区，今后在工作中不要怕吃苦，不要怕吃亏，好好锻炼自己。要踏踏实实做人，做一个有出息的人。"儿子也深深理解了我的话，后来主动要求调入条件艰苦的沟底新区，开始了新的人生之路。当然，时代不同了，年轻人有他们的思想，有他们的作为。我所愿望的只是想把那些传统的好的东西能传承下去并发扬光大。我相信他们会不负重托，做得比我们这一辈更好的。

六十载艰苦创业，六十载峥嵘岁月；举杯共贺奋斗史，甘洒热血写春秋。回首过去，展望未来，长平公司的发展需要一代一代人不懈地努力。我们坚信，在崭新的征途上，长平公司一定会迎来更加灿烂辉煌的明天。

国庆抒怀

小爱为家，大爱为国。在每个历史时期，个人的命运、家庭的命运永远和国家的命运联系在一起。记得过去常说一句话："大河无水小河干，大河有水小河满。"这个道理浅显易懂，人人都明白。我们都有自己的小家，无数个小家就组成了一个大家，这个大家就是我们新生的国度——中华人民共和国。

中华人民共和国从新生的那天起，就开启了历史的新纪元。中华人民共和国的诞生，为广大人民过上幸福的美好生活奠定了坚实的基础。它是在中国共产党的英明领导下，带领人民通过长期艰苦卓绝的斗争，付出了巨大的牺牲和代价而换来的。中国共产党肩负起了振兴中华的伟大历史使命。

历史将永远铭记那神圣的时刻：一九四九年的十月一日，在雄伟壮丽的天安门城楼上，一代伟人毛泽东庄严的宣布：中华人民共和国成立了！中国人民从此站起来了！

人民当家作主的新时代来了，这是开天辟地的伟大壮举！

风风雨雨七十年，通过几代人的不懈努力，我们的祖国已经发生了翻天覆地的变化。这些变化有目共睹，举世公认。大量的事实直接或间接地发生在我们生活的各个方面，如果从各个领域来罗列我们具体取得的各项成就，用最直白的话说，就是三天三夜也说不清、道不完。

历史见证着祖国新生后的巨大变化，这个变化连着千家万户，连着你、我、他。在国庆来临之际，我就从自己的家庭情况方面来谈一点个人的感受。

我是共产党员，我的母亲是共产党员，我的祖母也是共产党员。我们一家三代都是在党的哺育下成长起来的。可以说每个共产党员在不同的历史时期都不同程度地做出了自己的努力，为祖国的繁荣昌盛贡献出了青春和力量。

我的祖母是从旧社会过来的人，经历过战乱、贫穷和饥饿，是在艰难困苦的生活中挺过来的。她出生在一个贫苦的人家，吃尽了人间的苦痛。在她人生最艰难最绝望的时刻，是共产党领导人民闹革命、打天下，穷苦人民才有了翻身作主、重新做人的机会。在烽火硝烟的年代，祖母毅然加入了中国共产党，搞土改、分田地、送军鞋，还担任了拥军支前小组长，积极参加党的组织和各项活动，为迎接中华人民共和国的解放贡献了一分力量。

我的母亲也是出生在旧社会，经历过新旧社会的巨大变化。她在几岁时就失去了父亲，从小也是跟着祖母吃苦长大的。多少个日子，她帮着祖母忙东忙西，风里来雨里去，积极协助祖母参与各项活动，很早就接受了党的影响和教育。母亲十五岁时迎来了中华人民共和国的解放，二十几岁就成为一名光荣的共产党员。在中华人民共和国成立以后的年代里，她更是投身在火热的社会主义建设当中。她后来扫盲学文化，学缝纫，公社化时期积极参加集体劳动，由于表现突出，又当上了村里的妇女主任，为新农村建设付出了一分辛劳。母亲虽然很辛苦，但比起祖母那一辈已经很幸运了。到20世纪六七十年代，那时国家建设已经取得了巨大成就。母亲成家后，有了我们兄妹五人，日子慢慢过得也好起来了。母亲现在已有八十五岁高龄了，平常还经常关心、询问一些国家大事。我能感受到在她心里，是党把她哺育成人的，对党有着一种特殊的感恩之情。

我是一个生长在新中国，长在红旗下的新人，没有经历过战争，没有吃过老一辈人的苦难，是在和平年代成长起来的，是在国家逐年富强壮大中生活过来的。比起祖母、母亲那一辈，我是幸运儿。我高中毕业后参加了工作，成为一名煤矿工人。几十年来，我热爱我的工作，勤勤恳恳，不断上进，取得了一定的成就。在学业方面，通过努力深造，取得了本科证书，并获得了中级经济师职称。2010年11月，那是我终生难忘的时刻。

我通过组织多年的严格考验，光荣地加入了中国共产党，成为一名共产党员。从此以后，我更加严格要求自己，勤奋工作，无私奉献，在自己的人生道路上，也留下了一串串闪光的足迹。

我从计划经济时代到市场经济时代，经历了社会的巨大变革，亲身感受到了国家一系列发展经济、富民强国的政策深得人心，特别是从党的十八大以来，我们又进入了一个新时代，国运融，民心顺，政通人和，风清气正，经济建设成效显著，人民生活稳步提高。这是我们前辈那个时代不能比拟的。

一代传承着一代，祖母把接力棒传给了母亲，母亲把接力棒传给了我，我也希望把接力棒再传给下一代。

由此我深深地感受到，个人的命运与家庭的命运紧紧相连，家庭的命运与国家的命运紧紧相牵，党又成为我们个人、家庭、国家三者命运的纽带。

此时此刻，我想起了成龙唱的那首歌："……都说国很大，其实一个家，一心装满国，一手撑起家，家是最小国，国是千万家，有了强的国，才有富的家……"

是啊！看看我们祖国几十年来取得的巨大成就和变化，我们由衷地感到自豪和骄傲！我们的国家越来越强大，人民生活越来越富足，我们的党成了这个时代的先锋者、引领者。"人民有信仰，民族有希望，国家有力量。"我们正沿着中华人民共和国七十年建设的康庄大道迈向一个更加欣欣向荣的新时期，我们每个人都要用自己的实际行动报效祖国、报效社会！

为喜迎中华人民共和国成立七十华诞，我衷心地送上一份祝愿：祝愿我们的祖国更加繁荣昌盛、兴旺发达！祝愿我们的社会更加文明进步、安宁祥和！祝愿我们的人民更加生活幸福、健康快乐！

长平骄子

雄威身凛凛，猛气貌堂堂。
两角似铁钳，躬头顶前方。
电目飞光艳，吼声如雷响。
四蹄腾红尘，豪劲气势强。

这是一尊猛牛雕塑特有气势的真实写照，之所以写在故事开头，意图用它来形象表达故事主人公那种精神壮貌的再现。这个故事的主人公就是曾经在煤海矿区屡建奇迹、功绩卓著、闻名遐迩，被誉称为"矿山铁牛""长平骄子"的干将——牛保平。

初识牛保平的人，还真有点"不识庐山真面目"。他一眼瞧去像个谦谦儒生，个头高挑约一米八五，白皙而清秀的脸庞，整个人显得一副精干的模样。和他一接触才知，他话语利落，精气神爽，思维敏捷，柔中透刚，一双炯炯目光透露出的都是自信、睿智、坚毅和倔强，让人感觉其心胸架势确似猛牛一样。

提起牛保平，饱蘸浓墨，千般业绩述不尽；窥其一斑，略叙衷情留世间。循着他几十年来所走过的人生轨迹，演绎出的是一场非凡动人的三部曲。

一部曲：王台煤海显身手

能承大任者，必先苦其筋骨，励其心志。牛保平从 1979 年 12 月参加工作伊始，就一头扎在煤海井下摸爬滚打了十几载。从一个普普通通的掘进工一步一个脚印地干起，打巷道、钻盘区、架皮带、铺溜子、掏炮眼、搞运输、带班组、创纪录……下井湿透满身汗，上井面乌异味熏。他就这样长年累月在普掘队和综掘队的各项工作表现中吃得苦、受得累，练就了一身好本领。常人都哀叹井下一线那种苦、脏、累的生活，他反而看作锻炼自己的一个特殊平台。他常说的一句口头禅是："牛没摆不成样，干点活儿有什么可难的！"真是岁月不负有心人，他的所作所为受到了员工的一致好评，引起了领导的重视。

有道是："好男儿何惧万般苦，孙行者自有扫障法。"他从排长到副队长再到队长，不断成就了一个个骄人的佳绩。1989年，在掘进工作面临困难的情况下挑起了综掘二队队长重任，下狠功夫重点抓机电管理，很快扭转了掘进工作的新局面；1992年，担任运输队队长，实行军事化管理模式，保证了全矿运输系统高效有序运行；1996年，担任矿安检科科长，推行安全管理新方法，使全矿安全工作连续几年无事故；随后提升为矿安全副总，主抓全矿的安全生产工作，面貌焕然一新。他在历年工作中，曾多次被评为"先进生产工作者""安全标兵""劳动模范"等荣誉称号。有人赞誉他是"矿山铁牛"，也有人俗称他为"牛魔王"。后者虽然带点"贬"意，但能从中看出他那严厉的工作作风和特殊的一种管理手段和方法。他心中始终有一个信念——只要行得正，不怕影子歪，工作是靠干出来的。好一个"干"子，这里面需要付出多少的心血和汗水。

他无论是在一线、辅助，还是在安监部门工作，虽然岗位变动了，但始终都没有脱离井下生产作业环境。一晃将近二十年，他都是这样在煤海深处一天天摔打出来的。他不仅是工作中的一员干将，而且在管理上也是足智多谋，提出了许多合理化、可行性建议，可称得上是一位文武双全的行家里手。

多年来，牛保平在工作中所取得的成就不仅深受领导的青睐，而且常常成为人们茶余饭后谈论的焦点，可以说是风靡一时。另外关于他亲自制定的"工作的工作""安全的安全""考核的考核""六项必须八条不准"等规章制度，还有帮助员工解决生活中的实际困难等事宜，只可惜在此点点滴滴不能述尽，有待今后专著再详叙。

二部曲：长平大地开新篇

20世纪90年代末期，煤炭行业面临两大问题：一是大矿机械化程度逐年提高，开采速度加快，老矿资源枯竭忧患愈甚。二是各地小煤矿滥采滥挖，资源破坏严重。因此造成行业一度徘徊不前，处于低谷。国家开始对煤炭生产经营秩序进行整顿和改革，大型煤炭企业的发展又出现上升势头。集团公司及时提出二次创业，对企业未来战略谋划又摆上决策者议事日程。

形势所迫，迫在眉睫。资源在哪？如何开发？寻径探路？找米下锅？就在老矿图生存、谋出路的关键时刻，作为一名中层管理者来说，牛保平也早已是坐卧不安，思虑良久。恰在这时，一个新的重要信息让他捕捉到了——在距老矿五十千米外的高平市掘山村（古长平之地）一个年产预计十多万吨的乡镇小煤窑，因当地资金短缺无力开掘，现已处于停滞状态。经详细了解，此处周围环境、地下储量、开采条件相当理想，真是个千载难逢的好机遇。牛保平欣喜异常，激动万分。他曾说过，如果自己心里只想当个四平八稳的"官"，可以说找个十分舒适、清闲的岗位肯定不在话下。但他心中始终感觉有一种冲动和责任感，心焦的是老矿火烧眉毛即将面临今后的出路问题，亟待解决要有接替井。披荆斩棘何所惧，横刀立马待何时？担当使命，把握机遇，干一番事业，方显好男儿本色。从此他那倔强的牛脾气显露端倪，暗暗横下一条心，在集团公司"西移北上"战略构架下，开始了艰难的探求之路。

当时，各地小煤矿还处于关停整顿阶段，煤价行情也低到只有十几元。试想在行业低迷时期，从一个小煤矿寻找突破口来谋求发展是何其艰难。牛保平首先，寻政策，查资料，跑现场，搞勘查，初步掌握了第一手资料。其次，写报告，找领导，述需求。谁知阻力重重，坎坷不断，连遭碰壁。集团公司领导不看好，当地市政府不支持，省相关部门不同意。怎么办？是退还是进？开弓没有回头箭，坚持信念不动摇。最后，重新调研，重新申报，千方百计想办法，因势利导谋良策。他带领的人员是三进三出掘山村，风餐露宿不叫苦，遇到困难不灰心，调整思路，另辟蹊径。终于在多方努力配合下，抓住契机，先从省城有关部门找到了突破口，随后伺机与市相关领导、集团公司相关领导反复沟通，来来往往，踏破铁鞋，跑瘦细腿，苦口婆心，解数使尽……真是合纵游说胜苏秦，连横智谋赛张仪。万般困难道不尽，其中艰辛谁知底？正是翻过高山才见险峰，越过风雨才见彩虹。既有浪潮弄儿，又乘大势所趋、众心所向，最终在上级领导实地勘查、重点调研后拍板决策——王台二号井项目启动上马，"长平公司"开始正式运营筹建。

从此，被烽火硝烟尘封了数千年的长平大地，结束了历史上曾经惨痛的一页，掀开了开发资源、造福社会的崭新篇章。

这时，牛保平那张饱经风霜的脸上终于露出了欣喜的笑容。

三部曲：唏英雄壮志待酬

翻过一道岭，又见万重山，英雄不畏路遥远，胸中自有天地宽。丹朱岭下潺潺的河水迎来了一群顶天立地的主人，牛保平带领他的战友们洗去一路风尘，踏进了这片未曾开垦的土地，开始了创业之路。

迎着新世纪的曙光，历史将永远铭记这一天，2000年8月，二号井正式开工剪彩。

万事开头难，路要一步一个脚印去开踩。这里不同于老区的条件，一切从零开头。天作被，地作铺，路要开，房要盖，白天烈日高悬，夜晚披星戴月。千头万绪，精心布局，鼓舞斗志，坚定信念，带好队伍，表率在先，筹建工作就这样在牛保平心中的蓝图里一步步展现。

日转星移，内线工作渐渐稳步推进，外线工作就成为重中之重的头等大事。申报材料要准备，企地关系要协调，项目资金要落实，建设征地要审批，矿井设计、设施布局、环保规划等其他各生产环节需审批的相关手续要奔波……寒来暑往，冬去春回，多少个风雨岁月，多少个不眠之夜，筹建工作按期都在一项项展开落实。在牛保平工作计划日程中的安排部署是：2000年8月开工剪彩，用两年多的时间，预计2002年10月正式投产运行。矿井初期生产能力为120万吨，二期扩建后生产能力将逐渐达到300万吨至600万吨。

工期紧，任务重，业务繁，筹建工作快马加鞭，进展如期进行。到2002年年初，各项审批手续基本签办落实，生产设施初具规模，后续工作也正加紧开展。

彩旗招展，长风高歌。眼看一座崭新的矿井就要巍然坐落在长平大地上，老矿干部员工翘首以待，二号井的开拓建设者们群情振奋。就在此时，谁知天有不测风云，人有旦夕祸福，一件人们难以预料的事情发生了。

这一天是2002年2月9日，天气阴沉，朔风难耐。牛保平和往常一样按预定日程安排，只身驱车前往长治地区某矿井调研了解竖井建设构造情况（因长平井口为竖井）。多年来由于筹建工作的特殊性，对他而言，能一人办的事决不拖累别人，孤身只影，来往颠簸，这已在他工作中形成了一个习惯。他追求的是办事要简捷，效率要第一。当天，他到那个矿了解完情况后，由于还有其他事务缠身，没有多停留，开车就往回赶。事情说来蹊跷，途中赶至长子县路段，偶见远处一股旋风骤起，黄土弥漫，霎时不辨路况，铺天盖地朝车袭来。他第一反应就来了个急刹车，瞬间他从车里莫名其妙被甩了出去，当场昏迷不醒。轿车也来了个三百六十度大翻转，整个车身被挤压在一起，面目全非，损毁严重。后经路人报警，他被紧急送到了医院进行抢救。医疗诊断为：颈椎骨折，神经损伤严重，致使全身瘫痪。最终需长期治疗恢复。

这一天也是农历腊月二十八，再过两天就是新春佳节。正当家家欢度新年之际，正当二号井即将喜迎投产运行前夕，牛保平罹难致残。真是苍天怀妒，天公使难。噩耗迅速传遍了整个矿区，人人无不惋惜唏叹。如晴天霹雳！如惊天炸雷！这年他刚刚47岁，正当年华岁月，年富力强，壮志待酬。这是他人生中的巨大不幸，也是长平新区建设的巨大损失。在他的心中，描绘的是一张富丽多彩的宏伟蓝图，蓝图里有着长平未来的发展规划，有着老矿资源枯竭而待治理的美好向往，有着他人生更多博取的壮丽画卷……

在他躺在医院病床上一天天的治疗过程中，2003年10月，一个值得欣喜的大好消息传来，长平公司在老矿新井全体员工的不懈努力下，正式投产运行。

看着长平公司从一片不毛之地到一步步走到今天，牛保平心里那种欣慰的心情已经冲刷了曾经太多的遗憾。他感慨地说："我工作了几十年，做了一件最大的事就是二号井项目的启动运行。"

原集团公司董事长朱晓明曾经在长平公司的一次干部会议上赞誉说："没有牛保平，就没有长平公司的今天。"

一位同事曾和牛保平在一起时，这样开玩笑褒奖他："你的名字这三个字很有意思。牛，你就像一尊威武的猛牛镇守着长平的一方水土；保，就是保护着长平公司安全生产顺利运行；平，就是愿长平公司的员工家属生活幸福、平平安安！是不是寓意很深。"他听了也哈哈大笑起来："照你这样说，这不是也很好吗！"

时光匆匆，光阴如梭，转眼十五年过去了，长平公司现已发展为年产量达700多万吨的现代化矿井，成为集团公司几大主力矿井之一。忆往昔峥嵘岁月，看今朝矿山新颜，恰逢长平公司建企六十周年、长平二号井投产运行十五周年之际，牢记使命，不忘初心，畅怀那些历年来曾经为企业创业、建设、发展做出贡献的人们，在岁月的丰碑上将会永远铭记他们用热血和激情谱写的光辉业绩，直到永远永远。

牛保平将是这座丰碑上最耀眼的功臣之一。他不愧为最响亮的一个荣誉称号——长平骄子！

爱心撑起一片天

在祖国和平的蓝天下快乐地生活，愿人人都拥有一颗爱心！

——题记

一

当清晨的阳光微笑着送来温暖的时候，我们何不用微笑去迎接崭新的一天呢？这是一句启人励志而又十分温馨的话语。

的确是这样，微笑让我们心情愉悦，微笑让我们充满激情，微笑让我们拉近彼此的心，微笑让我们拥有了对生活的爱……

在长平公司的后方社区，我们总能见到这样一个人：她身材窈窕，芳姿娇媚，清丽飒爽，飘然生风。无论是从走出家门到工作岗位的路上，还是在日常繁杂的业务交往中，我们都能感受到她微笑着疾如轻风般向你走来，并从中触觉到她那微笑的力量：那是一种自信的表露，那是一种热情的洋溢，那是一种爱心的感悟。——她就是长平社区中心的党总支书记、主任韩玉霞。

认识和接触过韩玉霞的人都知道，她干工作，搞服务，谈生活，聊家常，在一言一行、一颦一笑中，她身上始终充满着一种正能量，这种能量像巨大的磁石，吸引和感染着身边的每一个人，也辐射到社区的每一个角落。

韩玉霞从事社区工作有近二十年了。她凭着一腔对工作的热爱之情和一股子倔劲儿，从一名默默无闻的员工逐步成长为长平公司的一名优秀的中层管理者，走过了一条非凡之路，也练就了一身过硬的工作本领。

社区作为长平公司员工的大后方，担负着繁杂的工作任务。社区工作涵盖了居委会、小区车房、小区门卫、小区环卫、生活澡堂、幼儿园、医保办、戒毒办、残疾所等单位。俗话说"小社区大社会"。在社区，除做好日常工作外，常常还要处理员工家属的家庭矛盾、邻里纠纷、上访协调等一些"棘手"的琐碎事务。韩玉霞曾说过："作为一名社区管理人员，没有一颗为居民服务的真心、耐心、热心、爱心，是做不好社区工作的。社区无小事，服务无小事，只有把工作做深、做细、做好，才能给公司创造一个和谐稳定的后方环境。"这也是社区工作的真实写照。

从她已经走过的闪光足迹中，无不透露出她那一颗拳拳之心和一片挚爱之情，她在大家的眼里有很多的赞誉和称谓。

员工心里温暖可亲的"玉霞姐"。她把长平社区当成了一个"家"，关心员工，真诚相待，排忧解难，弘扬团队文化，树建集体精神。

居民眼中惠民务实的"好主任"。她工作务实，成效显著。小区安置休闲椅、晾衣架，设置健身区、自助图书馆、电动车便捷充电区，为老人治疗白内障眼疾……惠民服务落实到位。

居民身边值得信赖的"贴心人"。她平易近人，扶危解难，总是带着和蔼可亲的微笑走家入户，了解民情，探望困难户；带着热心帮助孤寡老人，调解邻里纠纷，化解家庭矛盾。

大家心中勤奋好学的"好榜样"。她追求上进，不断提高自身修养。她经常抽时间学习业务知识，学习相关的政策法规，利用业余时间读课外书籍，还参加了经济师、心理咨询师职称考试等。

走过风风雨雨，走过辛劳历程，这是一条洒满着爱心的阳光之路。察民情，集民智，暖民心，惠民生，点点滴滴汇成涓涓溪流，流淌在社区居民温暖的心湖里，融化在社区居民和谐的生活中。

二

一股执着一腔情，胸中有爱天地宽。面对曾经取得的成就，韩玉霞并未满足于自己的过去，她的目光早已盯向了更远的目标。这个目标也许是一种情怀所致，这种情怀是在长期的工作实践中从她的心中渐渐萌生和扩展的。

究其原因：一是长平公司老区资源枯竭，人员逐渐外流，很多家庭的子女奔赴新区工作，剩下的是逐年递增的退休老人，给社区工作带来了更大的难度。二是国资国企面临着深化改革，以及剥离企业办社会的"三供一业"改革，社区的富余人员需要精简分流。三是老龄化社会的来临越来越成为严重的社会问题，更是每个家庭面临的实实在在的生活难题。人口老龄化，直接关系到经济的持续稳定和社会的长治久安，关系到百姓的民生保障和幸福，关系到每个人真真切切的生活。面对这些因素，政府主导型社区与企业主导型社区工作有何不同？今后的走向在哪里？工作如何开展？国企转型如何寻求突破口？还有老区闲置的房屋资源如何盘活利用？这些问题反反复复在韩玉霞的脑海里萦绕思索。特别是那些已达高龄的退休员工，如何更好地解决他们的养老问题？如何让每一位老人都能快乐地安享晚年生活？谁家无老人，谁人又不老？一种善心、厚爱、崇德情怀，以及多年社区工作的经验使韩玉霞很早就在心里有了初步的设想和构架。

东风吹来马蹄捷，事业正逢有心人。2018年，政府针对养老服务业面临快速发展的趋势，出台了许多相关的政策引导。养老服务恰逢大好时节。韩玉霞此时是欣喜不已，一个闪念在心中萌生：趁热打铁，立马行动。很快一个时间日程表摆在了她的办公桌上。找上级领导，跑相关部门，与政府部门各方协调沟通，一天天，一趟趟，来来回回，几经周折，真是功夫不负苦心人，在取得政府有关部门认可的情况下，在长平公司领导的大力支持下，最终拍板定音：晋城市"厚福综合为老服务中心"正式启动运行。

地址选择在王台老区近临小公园北一座五层办公楼。这里环境优美、交通便捷，周围有职工俱乐部、体育馆、运动场、综合办公楼、矿区医院。小公园内绿树环绕，亭廊相接，水池喷泉，雅然生趣。这些得天独厚的条件好像为"厚福综合为老服务中心"预先安排好一样，是天成还是巧合？应该算是矿区老年人生活的厚福所在。

2019年1月，伴随着新年钟声的敲响，旧楼改造工程开始破土动工。

晋城市"厚福综合为老服务中心"是集机构养老、社区养老、居家养老"三位一体"的综合性养老服务机构，占地面积15879平方米，使用面积6399平方米，预计于2019年10月开始运营。项目建成后将坚持秉承"孝训天下，善缘厚福"的服务理念，全面推进医养结合、康养结合、智慧养老服务平台等最前沿的养老服务模式，为老年人提供嵌入式、一站式、多元化的养老服务，致力于打造晋城市第一家以"互联网+养老"模式，推进全方位服务的养老机构，并以敬老、孝老、为老为宗旨，打造孝道文化主题公园，弘扬传统美德，构建文明和谐社会，为企业退休职工营造享老、养老的圣地。

任何事都不会是一帆风顺的，养老服务想法虽好，但困难很多。随之而来的是社会上的议论声：做养老服务是出力不讨好的事，老人越养越老，纠纷现象越来越多，如何解决？养老服务是个既烦琐又麻烦的行业，费那个劲儿图啥？还有人关切地说："以你现在的条件，工作、生活都很优越，不如清静省心点舒服……"

当然，更多的还是支持和赞誉之声：养老事业是今后发展趋势，是朝阳行业，老龄化社会需要有更多更完善的养老机构。养老服务总需要有人来搞，这是一项积善积德、福报社会的公益事业，大家都会支持的……

面对外面的各种言论，韩玉霞沉着冷静，坦然面对。因为她心中早已做好了各种思想准备，并对未来规划了更美好的蓝图。她说："如果一个人没有点儿心胸，没有点儿情怀，不肯为养老服务去努力付出，养老服务就不会做好，事业也就不会做大。"这番话也正显示了她所具有的睿智和胆识。

是金子总会闪光的，时间是见证她奋斗足迹最好的试金石。

转眼就是农历己亥年的新春佳节了，腊月三十那天，韩玉霞特意与人拟定了一副喜庆的迎春对联,把心中酝酿多时的一种情结,贴在了"厚福综合为老服务中心"机构的大门上。

上联:积善缘缘系大众得享厚福
下联:享厚福福报社会广积善缘
横批:善德厚福

春风吹来百花艳,政策惠民喜人心。2019年3月5日,十三届人大二次会议在北京召开,这个喜讯又像温暖的春风吹遍了神州大地。政府工作报告中有十四处提到关于养老事业以及发展社区养老的关键内容,要求各地民政等相关部门也应大力倾注于当地的养老扶持和发展。这是国家对养老事业的关心和关爱。

乘着国家政策的强劲东风,在这个春暖花开的季节,工程改造项目已在加紧进行当中,后续工作也正在紧锣密鼓地筹备、实施。在一次内务工作会议上,韩玉霞满含深情地说道:"我们生活在这样一个和平、安宁的国度,国家的发展和强大是老百姓幸福生活的保障,我们应该感到欣慰。做好养老、为老服务工作,是我们义不容辞的责任,我们都应该尽力奉献出自己的所能。今年,恰逢我们的祖国迎来七十周年华诞,这是我们工作和生活中的一件大事。在'厚福综合为老服务中心'十月开张喜庆的那一天,就是我们为老服务工作踏上新征程的开始,我们将为国庆献上一份丰厚的贺礼!"

这也许就是韩玉霞无可尽述的情怀。可以看出,从她的所作所为中,一个栩栩如生的形象已经跃然站立在我们面前:一副天生姣美的容颜,一颗纯真善良的爱心,一种干练利落的作风,一股积极进取的劲头,一种宽容豁达的心态,一腔执着为老的情怀……这是她身上最富有的、最宝贵的良好品质。一个拥有了这些良好品质的人,相信她在为老服务事业的道路上一定会做得越来越好。

愿她的微笑、爱心、情怀犹如春天盛开的鲜花一样芬芳四溢,在为老服务这片沃土上增添一抹靓丽的色彩!最后,特作小诗以致赞意:

爱心撑起一片天，
晋城养老第一家。
良璞细琢终为玉，
丹心映红满天霞。

（五）勤业铭心

（六）
佳丽掠影

翁佳娜现象

2018年的尾声来临，2019年的钟声敲响，当人们心中那些违愿的焦虑、绝望、挫折、悲伤、哭泣、苦恼、邪恶、惊恐、生气、伤心、自卑、病痛等不幸都随着一年的过去而结束，当坚强、成功、乐观、微笑、愉快、正义、豁达、活力、开心、自信、健康、快乐等所有的美好心愿都随着新年的开始而到来时，"火山小视频"在网络传播中越来越红火。红火的缘由皆出自潮汕美女翁佳娜。

翁佳娜是广东潮汕人，因参加当地鼓乐队表演，并由于她的美丽和独特的表现，在"火山小视频"网络中迅速走红。

你看，视频中溢美之词铺天盖地、数不胜数：红衣女子出火山，素颜貌美不一般；与众不同击双钹，羞涩一笑若天仙。媚眼含羞合，丹唇逐笑开。一裹红装，一抹醉颜，笑也可爱，蹙也美丽，风情万种，仪态万千，天仙下凡，独一无二。一笑倾城，二笑倾国，三笑四笑倾天下，五笑六笑魂梦绕。桃面含春娇容露，朱唇未启笑先闻；此女只应天上有，疑似仙子下凡尘。柔情踔态，媚于语言；转盼流精，光润玉颜；含辞未吐，气若幽兰；美若清泉，润泽心田；华容婀娜，令君忘餐。她是唯一一个把红色穿出了灵魂的人，有一种美叫"娜么美"。以前见美女，各有特色，不分高下；今见翁佳娜，美压群芳。古有"沉鱼""落雁""闭月""羞花"四大美女，今有"醉人"美女翁佳娜。一个翁佳娜让多少男子醉倒，又让多少女子重拾人性，在此可以简单用两个字来概括就是："霸屏"。

赞词再美，也只能写其大概。人物活灵活现之情之貌非眼见不为实，打开手机"火山小视频"便可一睹为快。

翁佳娜不仅着装美、仪态美、舞钗美，而且她的音容笑貌透露出的是那种清纯、靓丽、善良、乖巧、优雅、羞涩、调皮、大方、天然、纯真、袅娜、迷人……从内而外是一种摄人心魄的优美。

"霸屏"，这是一种什么现象？这不是空穴来风。

从翁佳娜现象，很简单地可以看出，人们越渴望的东西越是生活中所缺少的。就如一个人在剧烈运动后迫切渴望喝到一碗水一样。可以这样说，把那些"霸屏"的溢美之词的反义词找出来，就是我们现下生活中无处不在的那些滋生的东西。也正像我们在文中开头部分所厌弃的那些不幸的词语一样，始终在我们的生活中没有摆脱掉。而那些美好的东西又都是我们每个人所衷心期盼的。一位网友说得好："翁佳娜身上所表现出来的那些美的东西，最起码可以证明中国人的审美能力还没有丢失。"

曾几何时，随着现代思潮的影响，传统文化中一些美好的东西渐渐被遗弃。物欲横流，社会的各个角落无不被"经济"这个魔圈所左右。在物质渐渐繁荣的背后，我们是否清楚在我们的生活中滋生了什么？又丢掉了什么？我们的生活方式、我们的思维观念、我们的传统美德、我们的生态意识……这些都不得不使我们好好沉思。

再看看我们生活中的一些影视作品，宣扬和灌输的诸如"宫廷谋略""女人心计"以及一些小品中演绎的"超女""悍女"形象等，把生活中本应美好的东西渐渐掩埋掉了。女人失去了很多天然本性中善良、温柔、美丽的东西，剩下的好像是那些非本真和女性原始的生理躯体；男人失去了很多天然本性中雄健、强壮、阳刚的东西，呈现出更多的是奴性味儿十足和男性原始的生理躯体。许多违背自然法则的现象在我们的生活中比比皆是。我们失去的是天然与纯真，我们变得越来越世故，越来越找不到本我。

"火山小视频"火了，翁佳娜火了，这是一种美的感召。美能感化生活。我们可以想象，假如生活中没有真善美，我们将会变成什么样子？假如生活中没有了羞耻感，我们将会变成什么样子？假如生活中很多东西背离了自然法则，我们又将会变成什么样子？我们急需要重塑我们的生活方式，让生活变得更美！让世间变得更美！

这应该就是"翁佳娜现象"给我们带来的一点启示吧。

"醉人"翁佳娜

酒能醉人，美也能醉人。把醉人的溢美之词冠以翁佳娜头上则是当之无愧。

当今神州大地号称美女者无数，而与翁佳娜一比，则逊色一筹。翁佳娜美压群芳，自有与众不同之处。

一是看视频。通过视觉直观感受一颦一笑，一举一动，活灵活现，如见真人，效果最佳。美与不美，一比可知。

二是看画像。通过画家妙手汇彩、画龙点睛，也可把人物表现得淋漓尽致，惟妙惟肖。常言说"真的不如画的"。画家经过艺术加工，传神状貌确实更胜一筹，但翁佳娜独为一例。凡是在视频里见到的她的画像都不如她视频里的原貌传神，真是难倒了无数画家。

三是用文字来描写。文字描写与视频、绘画相比，逊色程度居末。但描写又有一大特点，就是因感而写，千人千面，万人万面，妙笔生花，各有风采。

视频、画像笔者在此不能尽情奉献，无奈之下只好将就着用文字描述来略见一斑了。

一观其容：显容而在面，面为人之表情达意之所在。面色妍态，桃花难比；牡丹天香，稍逊几分；黛眉蚕卧，浓淡相宜；两眼圆润，玲珑剔透；瞳仁转瞬，顾盼生情；鼻形匀称，标志之极；丹唇微抿，皓齿藏美；一对笑靥，靥影隐现。尤其传神之处是那双黑葡萄般晶莹温润的眼眸，不仅透露出青春靓丽，而且可感触到她心灵深处那种天然、纯真、善良、可爱之美。

二观其貌：一袭红裙，亭亭玉立，足踩云屉，洁白似雪，袅娜多姿，缥缈如仙，手舞音铍，轻盈开合，端庄典雅，胜似嫦娥。一颦神情凝端庄，一动满面荡春风。不见妖艳色媚之做作，更无浓妆扮抹之粉饰。非西方外露之放，有东方含蓄之美。观者万般陶醉在身，岂有一丝邪念之存？

三观其笑：笑能怡情怡心，笑是美的外露。诚然，由笑衍生出的奸笑、憨笑、阴笑、笑里藏刀、皮笑肉不笑等则是我们所不齿的。翁佳娜的笑可倾城、倾国。她笑容可掬，娇羞无比，或掩面，或捂口，或扭身，或捏耳，或碰鼻，或拥手，或藏身……莞尔一笑不露齿，抿嘴一笑启丹唇。无怪厌之烦，怀淑女之风。一切皆出于自然，绝非时尚明星、潮人之演技伪态。

四听其音：虽未见其人，但现代信息通信网络便可解决这个难题。打开微信一看，声情并茂，如临其境，如见其人。通过观看"火山小视频"，从翁佳娜那个询问"各位有没有吃饭"的音频来看，纯净、甜美、活泼、风趣，她既有调皮的一面，又有可爱的一面，可谓仙音爽朗，饴甜悦耳，美中之美！

综上可见，音容笑貌之美是其表，精神气质之美是其里，一表一里才谓之优美。这种优美是自然洋溢出来的，不是人为的造型，也不是特写，是只可意感而不可捉摸。网民敢称翁佳娜"霸屏"，笔者则在古代"沉鱼""落雁""闭月""羞花"四大美女的称谓外冠以翁佳娜"醉人"二字，以待后世见证。

古人云："窈窕淑女，君子好逑。"翁佳娜的美确是醉倒无数的网民，不仅异性倾心膜拜，而且同性也都发出"啧啧"赞叹之声，真是此女只应天上有，疑似仙子下凡尘。感叹中国古代有四大美女，而今盛世再现，又出了一个"醉人"翁佳娜，成为五大美女之列，实为一大幸事。

有喜则有忧，只担忧在当下物欲横流的社会，尘俗的"大染缸"会染去翁佳娜身上那种天然纯真的美、那种雅淑醉人的美。但愿人们心中的翁佳娜永远美下去。

美哉，凌波仙子

美无处不在，我们只是缺少发现美的眼睛。

一个婀娜娉婷、洁白无瑕、舒卷凝眸、粉面娇媚、秀发轻挽、红颜嫣然、素衣翩翩的仙子飘然而至，携笔染香，花语婉歌，醉墨感言，抒写了一篇篇洁美的文章——她就是凌波仙子！

她仿佛是美的化身，给我们带来了美的享受。不读仙子之文，不知天下之文美；不品仙子之文，不知何谓精神食粮。

仙子之文，字字如金，句句蕴情，清丽典雅，舒缓流泄，如诗如画，美轮美奂，涓涓柔情，萦绕芳心，她用生花妙笔浸润感染了我们的心田，字里行间洋溢着美的气息，如沐春风，如饮甘醇，无一字之多余，无一字之无情，婉约而不凝滞，细腻而不沉晦，雕琢而无琢痕，华饰而无浮尘。美溢满全文，情贯穿其中，亦赋亦诗，诗赋相融，自成一派气候，独占一席之地。

美哉，凌波仙子！

百灵街的传说

传说远古时候有一种仙鸟，叫百灵鸟。有一天，有两只百灵鸟足踩祥云身展翼，飞到了晋城一个美丽的地方，因留恋不舍双双化成了两块灵验的石头长驻以此。后来人们把北面的一块石头叫北石店，把南面的一块石头叫南石店。再后来，晋城市就有了一条街叫百灵街。

相传百灵街有个美丽可爱的姑娘，她宛如那百灵鸟转世而来，有脱凡超俗之风，含清新飘逸之气。论品貌，美艳高雅而大气；说性情，温柔活泼兼调皮；看修为，处事和善德优贤；观禀赋，蕙质聪明又伶俐；瞧喜好，七彩炫舞弄倩影；展才艺，手势翻飞亮抖音；抒情志，描笔偶洒吐胸意；谈追求，正直上进有爱心；惜情缘，红尘漠漠醉心弦；探灵魂，快乐王国觅乐趣。真有赞之不过其瘾，需日日飨之之说。世人欲问个中谁，爱称兰馨誉芳芬，百灵街中留佳影，巾帼园里她最美。其实所谓秀色可餐，实乃珍爱之心可鉴。

百灵街昼日车流通衢，生机运转；星夜霓虹添彩，福地生辉。诱人的传说与美好相携，使百灵街更增添了迷人的色彩。

(七) 思海浪花

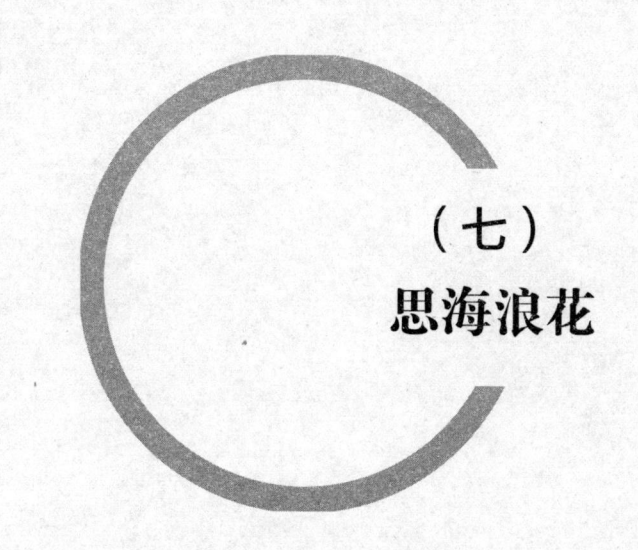

毛泽东诗词脉络探析

在 20 世纪那个红色染遍整个中国的年代，有个人用酷似庄重的语调，谄媚地称他为：伟大的领袖、伟大的导师、伟大的舵手、伟大的统帅。

周总理则用历史的眼光、客观的语气、诚恳的态度、形象的语言评价他的工作作风是中华民族的谦逊实际，中国农民的朴素勤勉，知识分子的好学深思，革命军人的机动沉着，布尔什维克的坚韧顽强。

这个人就是——毛泽东！

毛泽东，作为中华民族的一代伟人，他在政治、军事、思想、外交、书法、诗作等方面都有着非凡的成就，建立了不朽的功勋。

如果把他看作一位诗人，可以这样说，在诗人的视野中，他所表达出的那种深邃的思想能够洞穿浩渺的苍穹。研究他留给我们的宝贵财富，将是多少后来人孜孜以求的梦想。

带着对毛泽东的崇拜，购买了日本著名学者竹内实先生著的《毛泽东的诗词、人生和思想》一书。竹内实先生用异国人的眼光研究毛泽东，我用异国人的眼光看竹内实先生的"研究"。该书思路清晰，文笔流畅，写作严谨，研究透实，从中领略到了一个新境界。还真是收获不小。

拜读了《毛泽东的诗词、人生和思想》一书后，单就其书中对毛泽东诗词内容方面的一些阐述和观点，感受颇多。我甚至抱怨自己文笔的拙劣，更显得自己的表述逊色于竹内实先生流畅的笔足。这里只好摘录其中一羽引用在此，一飨自己，二飨读者。

　　毛泽东写的诗词，很早就为人们所了解了。对于在从幼年时代就接受古典典籍的熏陶并被要求背诵的情况下成长起来的中国知识分子来说，把随时的感怀用传统的格律诗表达出来，是一种十分常见的高雅的业余消遣。

有人讲，毛泽东在开会时经常随手写些诗，会后便扔在床上，人们竞相去捡。不过，这些纸片是很难弄到手的。见到毛泽东时，毛泽东只是说："那些都是马马虎虎的东西。"

1964年1月，北京等各大城市出售包括未发表的10首在内的《毛主席诗词》单行本。

从诗集底页的出版年月来看，毛泽东诗集出版的时间是1963年12月。如果想到这个月的26日是作者70周岁生日的话，那么出版诗集不是也有祝贺生日的意思吗？对毛泽东来说，人们不是搞群众集会来祝贺他的生日，而是通过出版诗集且利用传统形式的创作和古朴典雅的装帧来祝寿，他可能更希望以此同群众进行交流。在这里，可以看到中国文化里流淌着强烈的"传统"力量。

也许作者把出版诗集当成纯粹个人的事情，但由于当时的地位和立场，加上周围的希望，才能以这种规模出版。不过，这种情况也让人联想到中国文化里"传统"的根深蒂固。我似乎觉得，不仅"传统"作用于文化上的力量强大，而且参与创造文化的人想主动融合到"传统"中去的冲动也是十分强烈的。

为1919年的五四运动做准备，并同社会运动相互支持而发展起来的五四文化革命，曾高喊过打倒"孔家店"，抨击封建思想，但这并不意味着全盘否定传统文化。即便有人认为其有意味着全盘否定的倾向，那也是以前的解释。话虽如此，战胜了封建思想的革命，竟以这种形式来恢复文化"传统"，也不会不给人以一丝意外的感觉。然而，如果站在思想或意识形态的内容与传统形式相互区别的立场上来理解，毛泽东诗集的装帧和用字的问题并非不可思议。在对京剧等文化遗产的政策中体现的思想，从此事中也可以看得出来。而且，毕竟其作品的形式不是现代的自由诗。尽管如此，把与"传统"针锋相对的革命以"传统"的形式来吟咏，并编成传统形式的书，这不是宣告从五四运动开始的一个时代在这里结束了吗？

所谓诗的世界，恐怕是读者根据各自的观察和体验深入钻研，独自在其中感受其意味的。而读诗，首先要在创作的同一氛围中理解作者的语言，所以词语的翻译和对时代背景的说明需要在这一氛围中进行。毛泽东的一生与中国革命的发展相互重叠，他吐露的诗情既是个人内心世界对革命的憧憬，同时也是中国革命在精神层面的反映。探求作者个人的诗情是读诗的乐趣，对毛泽东的诗集也不例外，但另一方面，其的确又与历史和社会有着广泛的密切联系。把诗（不限于诗，还包括文学和艺术）看成现实的图解是没有价值的，不过，脱离现实生活去读与现实有联系的诗也将引起误解。人们必须从不同于纯个人诗集的角度去把握毛泽东的诗词，这是由这些诗本身和作者的社会性质决定的。

毛泽东的诗的世界把中国革命作为直接的土壤，以形成独特的人格为核心或中心，从丰富的古典宝库中吸收营养，既包含在中国的文学传统里，同时又以独特的创造补充了新的作品领域。

毛泽东的词在气势宏伟与感情豪放方面，继承了豪放派的体系。但是，从各重要处的用词所表现的女性式感觉来看，其词在本质上与婉约派也有共同之处。即便是豪放派的代表人物苏轼，也有婉约派式的作品，所以毛泽东的情况并非不可思议。所以说，毛泽东从这两派最显著的长处中吸取了营养，把自己的作品锤炼到更高层次的诗境。而且，他的个性本身具备那种复杂性，所以由个性喷涌出来的词自然具备那样的格调。他在用词上大胆采用现代汉语，而且加进现代的事件和人名，也表现出了一种超越两派的综合与扩展的新鲜感。

以上择引了一些段落，一是想借以竹内实先生的笔来表达我本人的思想感受，期望达到"以一斑而略窥全豹"的效果；二是能大略感悟出竹内实先生写作的风格；三是通过他的眼睛反映出他对毛泽东诗词研究的独到之处，有深邃性。也许只有用睿智的头脑和眼光才能从毛泽东古诗新用中体会出些许的深长意味。

竹内实先生为我们贡献了《毛泽东的诗词、人生和思想》这样一部"精神大餐",补充和丰富了我们研究伟人毛泽东不可多得的宝贵资料。在这里我要着重说的是,如果仅把他看作诗人从诗词的角度来研究它的形式和内容,只能说明研究者的眼界狭隘。诗词只是毛泽东人生和思想的一种外在的表现形式,我们是要通过他诗词的表现形式来研究其人生和思想。我想这也是竹内实先生所著《毛泽东的诗词、人生和思想》的真正要义所在。

通过竹内实先生对毛泽东诗词的探析,我们已经把握到了一条清晰的脉络,透过脉络,进一步探析其诗词的精神实质,需要我们努力挖掘才有希望收获到更多的丰硕成果。

读《何谓文化》有感

我最早读余秋雨先生的大作是《山居笔记》，初读感受，从中可领略到文笔之优美、思路之深邃、叙述之跌宕、构思之大气、语气之神韵……皆有别于其他散文大家。掩卷深思，细细品味，却又不得不对其某些观点提出疑问。如果只是感悟花前月下、风光山水、自然景物、奇情逸事等之类也就罢了，然而往往触及的却是我们在大文化背景下的人文情怀以及社会触角，这种触角牵连着我们每个人的神经……于是，我委婉而又愤然地写下了《读〈山居笔记〉偶感》一文，刊登在《文学界》理论刊物上，以正清源。

前些天，我到新华书店购书，又看到余先生的《何谓文化》一书，便买来阅读。通篇读后，感觉相比于他早期作品不仅在文笔上逊色很多，而且内容上犹过于偏颇。于是，我心情难耐，提笔抒怀，写下了这篇有感。当然，我并非为其抹黑，而是就其有关观点因感而发，也算得百花园中的一点争鸣，期望仁人志士予以甄别。

正文之前，略看书名。"何谓文化"，书名如此称谓。

感受之一：轻佻而不庄重。

感受之二：好像自古以来，世人皆不知文化为何物，似有一种傲气的口吻，谁人论说，唯我莫属。

我认为作为文化学者，面对"文化"所涵盖的深度、博大的意蕴，就是最资深的文化学者，也应该用谦虚的口吻、虔诚的态度对文化进行探讨，盛气凌人的说教是不可取的。

既然余先生已堂而皇之写下《何谓文化》，那就对其《何谓文化》的主要内容进行一点粗浅的探析了，不足之处还望大家赐教指正。

一、析"文化到底是什么？"

中国古代先哲老子说："道可道，非常道；名可名，非常名。"在此也可引申到文化上来，就是：文化之文化，非常之文化。美国文化人类学家洛威尔（1856—1942）说："在这个世界上，没有别的东西比文化更难捉摸。我们不能分析它，因为它的成分无穷无尽；我们不能叙述它，因为它没有固定的形状。我们想用文字来定义它，这就像要把空气抓在手里：除了不在手里，它无处不在。"在此，我用咱们中国的一句话讲："只可意会，不可言传。"言传的也只不过是文化意会的表象罢了。

余先生在"文化到底是什么？"中说："文化确实很难捉摸。……按照我的学术经验，对于那些最难下手的大题目，可以从它的裂缝下手。你看，文化在这里就露出了它的一条裂缝：我们身边有很多跨国婚姻——离散，离散的原因大多是'文化差异'。……这条裂缝，可以让我们窥知文化的真正奥秘。……我的定义可能是全世界最简短的——文化，是一种包含精神价值和生活方式的生态共同体。它通过积累和引导，创建集体人格。"

从以上观点来看，余先生对文化的定义用了"精神价值""生活方式""生态共同体""集体人格"等词语进行了概述，我认为，这种概述把读者引领到了一种抽象莫测的思维套圈里了，是抽象之抽象。如果说这"可能是全世界最简短的"定义，那其他的定义不可想象又有多么深奥呢？要想弄清"何谓文化"，首先要弄清何谓"精神价值"？何谓"生活方式"？何谓"生态共同体"？何谓"集体人格"？这以上种种何谓又没有说清楚，又怎能理解"何谓文化"呢？也许只有"阳春白雪"之类才可能懂得其中之玄奥吧。毛泽东在《延安文艺座谈会上的讲话》中指出："……就算你的是'阳春白雪'吧，这暂时既然是少数人享用的东西，群众还是在那里唱'下里巴人'，那么，你不去提高它，只顾骂人，那就怎样骂也是空的。……要说这也是清高，那只是自封为清高，群众是不会批准的。"

这使我想起小时候哼的一首童谣来："背背遭遭，压死姥姥，姥姥告状，告着和尚，和尚念经，念着先生，先生打卦，打着蛤蟆，蛤蟆泈水，泈着小鬼，小鬼念咒，念着老牛，老牛拉车，拉到肚饿，肚饿吃草，吃到清早，清早上山，上山祷告，祷着姥姥……"童谣固然可趣，但绕来绕去不知绕到何方。写文章也是这样，最忌讳绕来绕去，不得要领。余先生深知"文化确实很难捉摸"，但又想用"可能是全世界最简短的""定义"来阐释"文化"，最终我们还是没有看出"文化到底是什么"。

二、析"中国文化的特性"

余先生用何种词语和思维方式对文化进行定义，我们姑且不论，这里只是对余先生在文中所阐述的，特别是对中国文化的特性分析持有不同看法。

余先生把中国文化的特性概括为三个"道"。

其一，在社会模式上，建立了"礼仪之道"。

其二，在人格模式上，建立了"君子之道"。

其三，在行为模式上，建立了"中庸之道"。

然后，余先生分别就以上"三道"进行了说明，之后总结为："社会模式、人格模式、行为模式齐全，而且组合严整，构成了一种大文化的'三足鼎立'。这尊文化之鼎，既是中国人精神凝聚的理由，又是中国人在地球上的一个重大建树。别人如果不承认，那是他们自己没有见识。"这就是余先生对中国文化的特性所做的定论。

对此仔细分析，可以看出，这完全是儒家文化的翻版。从"废黜百家，独尊儒术"开始，儒家文化影响了中国几千年，也可以说是中国几千年封建社会文化的代表，如果说这就是中国文化，那么道教文化呢？法家文化呢？墨家文化呢？佛教文化呢？五四新文化呢？西方外来新文化呢？这些都让余先生一股脑儿甩到爪哇国去了。余先生早就料到别人一时不能接受，所以说"别人如果不承认，那是他们自己没有见识"。那就只有等

"他们"长了"见识"以后,再来"承认"吧。

诚然,写文叙事,有些观点有失偏颇也在所难免,因为人非圣贤,孰能无过?做学问之人,重要的在于严以修行、兼收并蓄、辨事明理、切磋商榷,修其误扬其正,切忌讳疾忌医。毛泽东同志曾说过:"我们如果有缺点,就不怕别人批评指出。不管是什么人,谁向我们指出都行。只要你说得对,我们就改正。"这才是我们应该持有的正确的态度。

在此赘述一句,余先生对城市文化有一段精辟的语言倒是值得欣赏:一座普通城市的文化,主要是看地上有多少热闹的镜头;一座高贵城市的文化,主要是看天上有几抹孤独的云霞。在热闹的镜头中,你只需要平视和俯视;而对于孤独的云霞,你必须抬头仰望。

三、关于"中庸之道"

笔者认为,中国文化博大精深、兼收并蓄,而儒家文化所倡导的中庸之道,在一定程度上有合理的因素,但往往达不到意想的结果。儒家的中庸是狭义的中庸,从广义的视野看,各种文化的碰撞才能推进社会的进步,每个时代的变化无不反映在文化的引领上。中庸之道的合适和恰当、弹性和宽容,在一次次巨大的灾难中起到了关键的缓冲、阻爆和疗伤作用,但也带来了极大的伤痛。许多历史的沉浮、国家命运的多舛,都是受中庸之道思想的拖累。"中庸"既有有益的一面,也有有害的一面。

我认为,所谓中庸即非中庸,非中庸即是中庸:

——社会变革打破了平衡,却是趋向于广义的平衡;

——地震打破了平衡,却是趋向于整体的平衡;

——战争打破了平衡,却是趋向于和平的平衡。

我曾列过一个关于《中庸与自然》的提纲,对中庸与非中庸有个大概的认知。即中庸——人为的中庸,分为"有悖于自然的人为中庸"和"趋向于自然的人为中庸"。非中庸,分为"人为的非中庸(顺其自然或有悖自然的非中庸)"和"非人为的非中庸(自然进化情形下的进程)"。相关内容在此不需赘述,有待今后专门详叙论述。

按余先生所推崇中庸之道的观点，看待事物也应该"寻求合适和恰当"，"寻求弹性和宽容"。但从其《何谓文化》中又能看出余先生有很多观点却是偏激而不是中庸的。

四、关于文化、思想、中国梦

对于文化的定义，也许没有最合适、最恰当的表述，就我的理解而言，我以为，文化是自人类社会以来，人们在社会实践中产生而通过不断分析、判断、总结、提炼出的社会知识的结晶，是人类智慧的表现。思想则是对文化的一种梳理。

文化按阶级的观点分析，就会产生不同的文化。社会的演变、进化、发展也就由不同的文化相伴随。"什么阶级说什么话""饱汉不知饿汉饥"等则形象说明文化扮演着不同的立场。

从古至今，文化一直渗透在社会发展过程中。从上古社会、封建社会、资本主义社会、社会主义社会，不同时期的文化则表现出不同时期的阶级状况。马克思主义产生以后，一种新型的文化闪耀在世人面前，这种代表人民大众的先进文化则折射出熠熠的光芒。

在中国，从20世纪初叶开始，这种先进文化则由共产党人发挥出其无比的威力。马克思主义的种子一旦扎根于中国这块土壤里，经过五四新文化运动的洗礼，便产生了和中国革命实际相结合的毛泽东思想。之后，毛泽东思想成为中国文化宝库中最宝贵的精神财富。古为今用，洋为中用，弃其糟粕，取其精华，推陈出新，是毛泽东思想在文化发展上的一种最实质的表现。

在现阶段，文化的引领在社会实践中占据着极其重要的位置。弘扬什么样的文化，思想的梳理尤为突出。

当前共产党人提出了实现中国的强大、人民富有的"中国梦"，就是我们新时期、新思想、新文化的集中反映。

实现中国梦，要靠社会制度来保障，靠先进文化来引领，这种社会制度、先进文化首先是建立在人民大众的基础上的，只有实现了人民共同富裕的梦，实现了中华民族真正的强大，才是真正地实现了"中国梦"。

五、后言

　　关于文化的理解和论述，我还需要与更多的有识之士进一步探讨。以上只是对《何谓文化》的一点感受，不成体统。建议对热心于"文化"研究的人士，不妨细心地品读、参阅那些关于论述"中国文化概论"一类的书籍，真正从条理性、系统性、严密性方面领略"文化"的内涵，一定会大有裨益。

关于文字保护
—— 对恢复"圲"（qū）字的提议

山西省高平市陈区村，地处高平市东北约 15 千米，是陈区镇政府所在地。关于陈区村的地名问题有必要专门提议一下，并希望政府相关部门予以关注。

陈区村的"区"字，以前为"圲"（左边一个"土"字旁，右边一个"区"字）。约 20 世纪末、21 世纪初，行政部门在政府所在地的挂牌和公共场合都把"陈圲"的"圲"字改为"区"字了。为何改为"区"字，我一直疑虑，是因为《新华字典》和《康熙字典》中没有收录这个"圲"字？还是自从办公电脑化普及以来，电脑中也没有录入这个"圲"字的缘故所致？但不管出于何种原因，我认为应该恢复原来的"圲"字，其主要理由有如下四点。

一是自古以来，所有手书以及档案资料皆为"圲"字，这是祖祖辈辈延续流传下来的，是中华传统文化的一部分。

二是关于"圲"字的创造和产生有它一定的历史渊源，不可随意用别字来替代。这是对文字的一种割裂，甚至导致消亡。

三是虽然《新华字典》和《康熙字典》没有编入这个"圲"字，但《现代汉语词典》（第 7 版）中录入"圲（qū）用于地名：邹~（在江苏）"。另有《古今汉语字典》中第 457 页查到："圲（ōu）"，解释为(1) 墓《玉篇．土部》："圲，墓也。"(2) 同"瓯"。瓦器。例：四年正月辛未，有流星大如三升圲。(《南齐书》)（3) 量词。略同于"间"。例：虹桥之南，数十步折而西，有宅一圲，曰可庐。(清．金居敬)

151

四是从《古今汉语字典》中资料可知,"坵"字不仅为双音字,而且含义较多。

据以上四点理由,我认为,"坵"字改为"区"字,不是改革,也不是文字简化,而是对汉字传统文化的亵渎,是一种草率行为,是一种情感割裂。特提议陈区镇政府、高平市政府相关部门恢复陈区村和镇政府"坵"字之本来面目。也呼吁国家文字研究工作相关部门修纂相关字典,吸收文字精髓,弘扬中华文化。

我出于对文化传承的一种责任感,冒昧提出以上看法,与热忱致力于文化研究工作者的同人共同切磋,尽自己的一点绵薄之力。

走进网络文学

　　2015年的初春时节，我回了趟老家，恰巧碰上了我初中的一位同学。她远嫁他乡，大约三十多年了未曾谋面。她当年是我们班的班长，给我印象很深。彼此相见如故，好像一下剪掉了两人相隔三十年的时空距离，感觉还是那样的亲切可爱。我们攀谈了许多许多，有当年很多同学间的趣事，也有各自多年来生活中的点点滴滴，还有各自儿女们的生活状况……随后她带着一种欣喜的心情告诉我，她的儿子是一位网络写手，现已通过网络出版了两三部实体书。她深为自己儿子的成就引以为豪，我也随之为她连加赞许。

　　说起她儿子的事，一下触动了我的神经细胞。因为我也酷爱文学，爱好写作，磕磕碰碰这么多年，虽没有拿出像样的东西来，但我一直执着走到现在。她这一说，我开始有意识地关注起网络文学来。

　　事后我让她把她儿子的书给我寄了一套，我每天都会挤时间看一看。我感慨很多：其一，书的内容主要是描写校园生活，尽管是校园生活，但故事情节倒是跌宕起伏，很是吸引人。其二，一写就是洋洋洒洒几十万字，叙述、描写可见一番功力。其三，小小年纪，已出版了上百万字的小说，令我钦佩。但整体感觉小说内容稍显松散，提炼不够，像是一部生活"记录史"。

　　从网上浏览可知，现在网络文学成了许多人爱好写作、成就梦想的摇篮，很多现实回报也印证了这一点。我开始从不太重视网络文学而转变为走进网络文学。

　　我心中早就有一种文学情结。从我的青少年时代就立下小小志向，将来一定要在文学道路上有所建树。我热爱那种传统文学、纯文学一类的作品，总是对那些武侠、言情之类的小说另眼相看，这也许是一种不全面的狭隘的文学观念。我如饥似渴地汲取文学素养，利用业余时间尝试创作文学作品，一步一步逐渐向着圣洁的文学殿堂走进。

无论生活、工作面临怎样的困难，都没有泯灭我爱好文学写作的火焰。多年的努力，终于有了小小的成绩。2012年我出版了我的第一本文学作品综合集《风情长平》。尽管《风情长平》还很稚嫩，但没有矫揉造作之痕，也没有无病呻吟之痒，撷取的是生活中的朵朵浪花。

这期间，由于自己心中对文学的崇尚，我总是排斥所谓非传统文学性质的东西。后来网络文学出现，也没有真正去正视它。

最近在网上浏览了《网络文学大史记》，较全面地了解了网络文学起始、高潮、成熟、泛滥的这样一个发展过程。我开始对网络文学重新审视和思考。

网络文学是个新生事物，它是文学爱好者创作的平台，但也使网络文学创作逐渐趋向于功利化。由于运营商对网络创作的极力追捧，难以计数的人拿起笔，加入了以网络计费和现代出版为目的的写作队伍中。

《网络文学大史记》这样描述："一波又一波的网络阅读和出版狂潮，显示着今日网络写作的狂欢。米兰·昆德拉曾经想象过一个'著书癖'时代的到来，所有的人奋勇拿起笔，在纸上记录自己日常生活的经验，世界淹没在字与词的海洋中。如果没有网络，我们即使知道这个时刻已经来临，也无法听到那奋笔疾书的无边潮声，但现在不同，键盘敲打的声音，响彻了新世纪的夜空，几乎每一个人都能听见。"

据有关资料报道，有的网络文学小说字数达500多万字。前面提到我同学的儿子现已成为"网络人气写手"，足迹遍布各大论坛，拥趸无数，堪称"一线大神"。他在一部书的"完结感言"中说："我的极限本来是每天五千字已经'顶天'，在你们的支持下让我一次次突破极限，六千字、九千字、一万两千字……我都惊叹自己所爆发出来的力量……"

惊叹吗？惊叹！在此不仅要发出疑问：我们的网络文学如果以如此惊人的速度发展下去，指不定将来中国能产生出像曹雪芹那样无数的文学巨匠，拿个"诺贝尔文学奖"是不是小菜一碟？

我们到底是要堆积如山的浮华的巨著？还是要高度艺术化的精神食粮？网络文学的发展方向何在？如何既能贴近普通民众的生活，又能写出高质量的精华作品，是我们不得不思考的一个问题。

一篇文章，一个作品始终离不开它的主旨和灵魂，多余的废话要少说或者不说，不是婆婆拉家常没完没了漫无边际。以前的八股文固然不可取，但我们要吸取其精华和要旨，写出高水平的佳作来。不能让白话文泛滥到像喝白开水一样无味。我曾在一篇随笔中这样写道："迷恋上了文学，就一直想着要写出像样的文章来。什么是像样的文章？我认为，首先要有一个好的题材，有了题材以后就要有个好的主题，确立主题后就要在用词造句上下功夫。语言不管如何花哨，一定要符合语法，一定要规范，一定要有逻辑性，是短篇的材料绝不写成中篇，是中篇的材料绝不写成长篇。这是我多年来在写作上的一贯要求。写东西是要人看的，是在用文字与别人沟通，如果是粗制滥造、啰里啰唆、堆砌文字，简直是在耽误别人的时间，消耗别人的时光。就像有些电视剧，几十集、上百集，越拉越长。记得小时候看过的很多电影非常精彩，在很短的时间内，既欣赏了精彩的内容，又陶冶了情操、受到了教育，可以说是浓缩的艺术。后来很多老电影又翻拍成了电视剧，剧情拉长了，但却失掉了精彩。有人说，小说家就是把一个无关紧要的事也能写出半本书来。当然这话不全对，如果半本书反映出的是一种文学性的艺术化了的东西也未尝不可。否则就是一种粗糙化的、生活化的描写，是文字的堆砌。"

改网络文学之风气，这是迫不及待需要解决的问题。弃浮躁而返璞，弃浮华而归真，应是网络文学追求的宗旨。

在方兴未艾的网络文学发展的今天，作为从事文学创作的一员，都应肩负起一种使命，为网络文学的发展倾注一分心血。

于是，我在众多的文学网站中，有意选择了"中国网络文学联盟"网站，想以此为平台，为网络文学的发展尽自己一分力量。因此，我走进了网络文学。

我希望通过更多人的实践和努力，发挥网络文学的优势，使作品真正达到弃长存短，弃繁就简，弃粗取精，弃伪存真的目的，在"通俗"的基础上升华到"雅"的高度，达到雅俗共赏，推动网络文学向着健康的方向发展。

我看《丹源文学》

前几年慕名去会文友,走时借得几本《丹源文学》,都是 2015 年前后出版的,没有看到近期的刊物。这是我头一次接触到《丹源文学》,尽管如此,我还是欣喜之至,激动万分。我是从头至尾浏览完这几本刊物的,有些文章是反复咀嚼了几遍,意犹未尽,爱不释手。没想到《丹源文学》深深打动了我,使我不由得产生了一种"爱慕"之情。正像刊物所彰显的办刊宗旨一样:乡土气息,小草情怀,烛照心灵,回归本源。实乃为一本文学质量较高的刊物,真是高平之幸!文学之幸!为《丹源文学》点赞!

我生于丹源之地,欣赏《丹源文学》,油然生发许多感慨。于是我拿起笔想"啰唆"几句,抒发一下心中感受,一吐为快。

一、赞誉之言

封面古朴,漫图含趣。封底典雅,书法藏蕴。刊头题字,拙中见奇。
封内国画,图文并茂。间或水彩,盎然意趣。扉页特点,感悟寄语。
指点迷津,读者尤喜。翻阅目录,一览无余。散文情愫,浓土气息。
小说质量,也见功力。创作之谈,配插其间。雅俗共赏,亦谐亦谐。
责编手记,更须一提。点睛之笔,加深记忆。提纲挈领,读者受益。
诗歌朗读,如尝甘饴。校园文学,开辟新地。名篇欣赏,刊之特长。
小中见大,中西合璧。写作形式,多姿多样。传统现代,意识流派。
文学新人,大有裨益。评论之栏,更见功底。广而告之,沟通信息。
高平文讯,窗棂闻喜。编读往来,文笔添彩。吟叹时代,信息风潮。

传统文学，萧瑟愈显。主编责编，呕心沥血。弘扬主流，使命担当。劳苦功高，实属不易。可叹可贺，拥有盛誉。文史丰碑，永世铭记。

二、建议之言

一是"责编手记"，可以说这是文章的点评之作，言简意赅，笔法精确，很吸引读者的眼球。建议是否可添加"责编手记"老师的大名，增加一种亲切感。

二是"名篇欣赏"部分可略减一点章节，另新增加一个小栏目，叫"地方特色"。内容可刊登一些风土人情、乡俗俚规、传闻轶事、名镇名村、风光山水等，可文可图可景，短小精炼，增加刊物趣味性。

以上赞誉之言略欠文采，建议之言也许不妥。作为一个忠实读者，只是衷心期望《丹源文学》越办越好，长盛不衰，在高平这块沃土上开放出更加鲜艳的花朵来。

抖音的魅力

抖音，是一个大众的娱乐平台，是展示自我个性的艺术天地，是生活中最美的调味品。

看抖音是一种享受，不仅能欣赏到风格迥异的视觉效果，还能通过内容体悟到生活的一些哲理。抖音最大的特点是娱乐性、知识性、趣味性。有的高雅，有的通俗；有的幽默，有的直爽；有的卖弄，有的含蓄；有的自演，有的装扮；有的生活化，有的专一化……作品无老幼之分、无年龄限制，说唱弹跳，琴棋书画，生旦净丑，阴阳五行，三教九流，文武兼备，五花八门，样样俱全，可谓是一机在手，百科全有。

抖音有高手，高手在民间。你能从中看到日常看不到的景致，听到日常听不到的所闻，学到日常学不到的知识，这也是它的最大魅力所在。

每个人都有闪光的亮点，看抖音，作抖音，晒个性，展风采，让抖音记录你靓丽而独特的人生精彩！

但抖音也有一定的负面影响，有一位叫"令狐诗兄"的抖友在抖音里写了一首《长相思》的词，内容是这样的：玩抖音，恨抖音，熬夜凑词把命拼，眼花头也晕。怕更新，又更新，流量低得伤我心，天天泪满巾。这也许是一些抖友的真实写照，尤不可深陷在商家运作、炒作的窠臼中。有一副对联，不妨送给抖友们以此共勉。

　　上联：爱抖音痴迷而不奴尽展个性风采
　　下联：恋生活自省有修为独显非凡气质
　　横批：本真开心

阳光透过灾难的天空

庚子年刚刚来到，新春的祝愿才在心中祈祷，世间忽然之间好像变了样。

特殊的日子，单调的生活，有限的自由，有限的空间，余悸整天敲击着每个人的心弦。看不见了奢华的影子，虚荣也隐藏在角落里。可笑的人们个个像樊笼里的囚鸟一样困在各自的窝中没有了为所欲为的余地，就连出门也像囚牢里的犯人一样被限制着"行动"和"自由"。更可笑的是每一张认识和不认识的脸以及那张"惹是生非"的嘴都被那长方形的面罩套着，身子行动起来又俨然像一群企鹅一样分不出彼此的模样。有一部分人员被寻查和隔离，大部分人在闲闷的日子里，无聊地找事折腾，或者折腾着无聊的事。日复一日伴随着惊愕、恐慌、郁闷、无奈和期待。是谁一下子把人们折腾成这样？

瘟疫，是可恶的瘟疫！瘟疫来了，空气中到处弥漫着它的幽灵。瘟疫二字，在人们印象里由一个普通的字眼倏然之间变得凶神恶煞、狰狞可怕。没有人不畏惧它的出现，多少人被它夺去了宝贵的生命，多少人被它改变了日常的生活规律，多少人在哀叹，多少人在哭泣，多少人在抗争，多少人又在灾难一线抢救着受难的同胞……

这是大自然演绎的一场大闹剧！这场闹剧，是一场空前的灾难，也是一场空前的悲剧！这是自然对人们的一种严厉的惩罚！

吸取教训，痛定思痛。在大自然面前，我们显得多么的渺小和无能。面对凶猛肆虐的疫魔，我们需要做的不仅仅是谴责，不仅仅是控制和应对，我们要做的有很多很多。

是需要我们警醒的时候了！如何在悲剧中警醒？如何在警醒中杜绝悲剧的重演？如何防微杜渐、斩断瘟疫的病源？如何顺应自然、杜绝人为破坏自然的行为？如何提高人的社会素养？如何使人们在社会生活中有所为或有所不为？这不仅是我们每个人的事，更是涉及全社会的事。卮言在喉，在此呐喊呼吁：最重要的是应该改变我们的思维和观念，改变我们那些不良的、本应唾弃的生活方式。

"雄关漫道真如铁，而今迈步从头越"，生活还在继续，艰难的日子终会过去。盲人作家海伦·凯勒在《我生命的故事》里有句话说："善的能量远大于恶的能量。"我们相信，阳光会透过灾难的天空照耀在我们生命里的每一个角落，欢乐会重新回到我们的生活中来。我们坚信，世间还是美好的，美好的世间还是由我们来创造！

一座永久的丰碑

　　长津湖，冰雕连——这是电影《长津湖》反映的抗美援朝第二次战役中的一个场面，像一座绝世的雕塑永远矗立在大地上，直击心灵，令人震撼！真是惊天地，泣鬼神！

　　他们用血肉之躯、生命代价捍卫着中华人民共和国来之不易的和平与安宁。他们打出了国威，打出了中国人的志气，展现了中华儿女大无畏的英雄气概。为了保家卫国，为了人民的幸福生活，他们别无选择，流血牺牲也在所不辞。影片中梅生的话说出了中国人民志愿军战士的心声："这场仗如果我们不打，就是我们的下一代要打。"一种多么崇高的情怀！一种多么可贵的精神！无不让人肃然起敬。

　　痛心之切悼先烈，感触之深有其三。

　　其一，这是一场意志的考验。面对以美国为首的多国参战的联合国军，可谓是世界强敌，气势汹汹。敢不敢打？能不能打赢？其次，战争起初，正赶上百年不遇的严寒气候，气温最低达零下 40℃。如何御寒？能不能顶住？战争持续多久？经过残酷战争的锤炼，事实充分证明，英雄的志愿军战士是具有钢铁般意志的人，摧不垮，打不烂，击溃了所谓的世界强敌，不愧为毛泽东思想哺育出来的最有坚强意志、最可敬、最可爱的人！

　　其二，这是一场强弱的博弈。从客观条件来看，联合国军武器装备强，物资充足，海陆空处于绝对优势，兵士甚至武装到了牙齿。志愿军是在中华人民共和国刚刚成立后组建起来的，武器装备差，物资缺乏，条件简陋，困难重重。双方实力对比极其悬殊，强弱显然可见。但万事都有变数，经过战争策略的运用和多次战役的较量，联合国军逐渐由强变弱，志愿军在付出沉重代价的情况下由弱变强，最终在抗美援朝战争中打败了帝国主义野心狼。事实也充分证明"武器是战争的重要因素，但不是决定的因素，决定的因素是人不是物"，"帝国主义和一切反动派都是纸老虎"。

其三，这是一种信念的宣誓。一方高举着正义战争大旗，为保家卫国，热爱和平而战；一方打着非正义战争之旗，为资本帝国主义而战。参加抗美援朝战争的中国人民志愿军都是普普通通的人，但他们都懂得这个最简单的道理"保和平，卫祖国，就是保家乡"，这就是他们最崇高的信念。具有了这样的信念，就会英勇无畏，视死如归。因为人的信念不完全由学识、修养来决定，它是人们心中正义、善良、美好的激发。信念产生动力，动力焕发精神，精神铸就意志，有了钢铁般的意志，就没有战胜不了的艰难险阻，就会不惧死亡，就会无敌于天下。参加抗美援朝战争的中国人民志愿军就体现了这种大无畏的英雄气概，这在战争史上具有划时代的意义。

在抗美援朝中，中国人民志愿军英勇奋战、以身捐国，为我们打出了一个和平年代。我们应倍感敬重，倍感珍惜！回顾历史，不忘初心，坚定意志，坚守信念，让我们的生活变得更美好！

长津湖，冰雕连，一座永久的丰碑！

（补记：在写下这个感受的同时，正是 2021 年 12 月 2 日，缩写为"2021·1202"。这是个千载难逢的对称日，让所有美好不期而遇，让这个吉祥数字记录我们这个美好和平的时代吧！）

(八)
诗韵园地

耕耘赋

吾有一方田，
四季勤耕碌。
笔墨为犁铧，
纸笺为土坷。
汗水来浇灌，
心血去劳作。
字字是禾苗，
行行成稼穑。
不畏寒和暑，
昼夜有几多。
历经风和雨，
尝尽苦与乐。
持之贵恒心，
辛劳需付出。
矻矻复矻矻，
期盼终有获。

泰戈尔之诗拾句
——《飞鸟集》拾句新解

如果所有的昨天
是你前行的羁绊
你就丢掉它
脚步就轻盈了
如果所有的记忆
让你的信息卡顿
你就烧毁它
你的梦就透明了

谁说世界以痛吻你
却要你报之以歌

其实不是世界欺骗了你
而是那些所有
迷蒙了你的双眼
因为那些所有
不达你——
心之所望　梦之期许

丢掉不该有的
回归初始
留下原本透明的梦
脚步从此轻盈
透明的梦不再迷茫

撇捺之歌

写一撇是我
写一捺是你
左划是大撇
右划是小捺
撇捺相连
才是人字的框架

左撇靠着右
右捺依着左
无论晚暮朝霞
无论风吹雨洒
彼此相托
支撑起生命的大厦

左与右相通
大与小相应
情缘把撇捺相牵
诚挚把你我融化
幸运的邂逅
流淌出心灵爱河

走过凡世红尘
穿越市井烟火
抛弃烦恼和忧伤

撇捺人生 | PIENARENSHENG

翩跹起幸福欢乐
合而为一的大写
是能量汇聚的迸发
撇捺人生的哲思
是人字最美的赞歌

观壶口瀑布

黄河几曲到壶口,滩险石峋多壑沟。
巨浪汹涌岂可挡,云腾雾绕涛声吼。
势若龙吟雄风在,状如马啸精神抖。
华夏自古传威名,环宇迄今数风流。

知否知否

那边小河潺潺,这边柳芽新添;
远山一抹翠绿,近前桃红吐艳;
昨日一幅水墨,今日又涂彩颜;
千里美景描就,万里风光无边;
你方晒来我方秀,万物竞相争先;
谁晓遍地几许色,怎能如此挥洒?
引来莺歌燕舞,恰是醉人时节;
这是何方大手笔,天下哪人可敌?
招过风儿问知否,此画甚名最绝?

晓春（两首）

一

春送雨水风入怀，
玉兰报晓花先开。
一树淡雅清香气，
满眼俏色扑面来。

二

玉兰正岁花吐蕊，
雨水初降雪舞飞。
红梅醉卧丛中笑，
俏看春风喜入门。

初 秋

凉风习习秋意绵，
夕阳敛彩霞光淡。
静思遥看暮色景，
清晖晚照映山川。

秋的怀念
——写于辛丑立冬

冬天就这样来了
寒风卷着冷雨
冷雨裹着飘雪
一夜之间茫茫千里
冷酷就肆虐了原野

秋没有招惹冬
冬却无情地摧毁了秋
君可知金色的秋月
为什么那样绽放
为什么那样美艳
为什么那样眷恋
因为它懂得珍惜生命
因为它懂得珍爱成熟
因为它懂得珍藏收获
它谱写了一段壮丽的岁月
它留给大地是深深的怀念

是谁在赞美飞雪
那是由于春天已经不远
来年新的生命又会孕育
又在企盼那丰收的季节

登鹳雀楼而感

驱车越千里,
景色晋南奇。
胜地一日览,
遇夫作叹息。

捡荒媪

风狂催树折,
街衢少行者。
路有捡荒媪,
谁怜寒衣遮。

逆 雪

清明掠过百花妍，
暮春雨后逆飞雪；
娇蕊忍遮风霜寒，
惊问庚子是何年？

西江月·冬景

丁酉鸡年仲冬，辛亥十八辰时，
外出晨练，登高极目，景象俱佳，偶吟。

东眺曙色微曦
西望银盘高悬
瞭尽碧空湛蓝天
览遍原野青山

冇云冇风冇雪
飞鹊眠柳卤烟
畅东路畔涂彩颜
万家高楼新添

冬 雪

迷迷漫漫
蒙蒙洒洒
迷迷漫漫雪花舞
蒙蒙洒洒满乾坤
雪花舞
满乾坤
天公抖擞弄精神
万物畅怀相拥吻
弄精神
相拥吻
寒冷不是无情物
傲骨笑看浮华尘

咏雪（三首）

一

大地披新衣，
洁美谁人夸。
冬也不寂寞，
喜看雪昙花。

二

大地披雪衣，
万树开梨花。
不是春来早，
冬梦作画家。

三

瑞雪飘飘兆丰年，
大地茫茫披素颜。
冬意浓浓好景致，
神州处处换新天。

如梦令·战疫魔
——庚子春正月

新冠疫毒袭鄂
神州遍染疾疴
巷空家闭户
医使逆行战魔
救危　严控
万众携手共搏

十六字令（三瘟叹）

其一
瘟，新型疫魔降人间。
狂肆虐，难晤狰狞面。

其二
瘟，恣意逞恶任弥漫。
谁为孽？勇士逆酣战。

其三
瘟，终怵君威遁自然。
痛心谴，欢乐回世间。

叹文姬

汉末有才女，蔡琰字文姬
博学多文辩，兼谙音与律
一生遭三嫁，坎坷千万辛
创体悲愤诗，传诵至迄今

靓　女

邻家有妮兮，二九方嘉
端庄秀美兮，清丽俊雅
明眸善睐兮，靥辅承权
眉似描黛兮，唇露朱砂
颦笑沉鱼兮，姿芳闭月
娇盈落雁兮，逸态羞花
人不厌相兮，影不厌思
天香国色兮，靓若朝霞

心　语

你悠闲，有悠闲的潇洒；
我忙碌，有忙碌的甘苦。
好与歹不由己，
万般事无常态。
人生每一个阶段
都需要用心去领悟，
没有一个统一的标准和尺度。
与心默语，
与心相牵，
换一种心态，
把自我放飞，
把得失勾销，
坦然面对人生，
多一点真情，
多一点乐观，
你就是世间精彩的一部分。

畅想曲

我多想去谱首大曲，
让优美的旋律，
弹奏出生命的张力。

我多想去讴歌咏唱，
让澎湃的激情，
跳荡出胸垒的气宇。

我多想去秉笔撰书，
让浓颜的彩墨，
挥洒出瑰丽的言语。

我多想去掬手赞叹，
让世间的美好，
滋润这丰腴的土地。

我多想去畅怀拥吻，
让如画的生活，
陶醉那江山千万里。

我多想去展翅飞翔，
让撇捺的人生，
傲腾在轩昂的凌云。

记录美好

十月秋光，艳笑沐阳。
黎明即起，好梦方醒。
窗外枝头，喜鹊翠鸣。
似有预示，吉日有应？
晚晤益友，好事恰证。
赠我以礼，义重深情。
派克金笔，经典传承。
百年工艺，品质高精。
大繁至简，雅之臻境。
书写优美，独显个性。
感念益友，盛情满盈。
寓意至深，触我心灵。
罗曼蒂克，撇捺之情。
缘来缘往，心生心应。
不忘初心，挚爱一生。
岁月铭记，美好永恒！

微信群赋

信息时代，通信技术迅猛发展，信息瞬息万变，人与人之间沟通交流远远超越了古人"坐地日行三千里"的遥想。微信群应运而生，16位师生相聚群里，享受着现代科技带来的喜悦。欣喜之余，遂将16位师生的网名缩写进行编排，恰好成为一首风趣诗（画线的字体为网名缩写）。

清晨金鸡来报晓，天空曚曚白云飘
东方熙熙旭日升，山清水秀风光俏
春天美景赏不够，大师晨练乐陶陶
满山杜鹃红艳艳，仙姑气爽精神好
骏马奋蹄驰远方，孺牛耕耘最辛劳
生意兴隆忙经营，上党精鬼有高招
东南西北喜讯来，铁钟声声传捷报
浩庄娶来翘楚女，缘来如此乐逍遥

予 你

假如　那个初夏
我不曾去远航
假如　岁月的年轮
永远停留在那一刻
我会温馨着那些
曾经美好而浪漫的生活
是什么悄悄把过往阻隔
一百个理由只是个推托
似乎近与远也在辩说
宏观的"远"也可能近
微观的"近"也可能远
可是　就连无处不在的网络
也套上了无形的桎梏
多少次曾闪念
如果生存只为本能地活着
人生何须去拼搏
既然拥有了聪颖的大脑
为何有时犹如蚕茧圈着自我
你看
春天来了　谁来赞美鲜艳的花朵
夏天来了　谁来呵护生长的万物
秋天来了　谁来撷取丰硕的果实
冬天来了　谁来讴歌冰雪的傲骨
这是大自然馈赠的造物

但更多的美好和创造
则来自你我智能大脑的收获
谁想休眠到昆虫般生活
世间的精彩　不单是原始形态的重复
心影里迭现着马斯洛需求学说
蓦然　那个初夏
在梦境里延续升华
那就让"距离"在心的词汇里消失
那就让大脑的细胞跳跃活泼
拾回梦的记忆
用手挽起美丽的彩虹图画
把梦想的道路开拓……

你如……

你如一颗小星,
无论白昼夜晚,
依然闪闪发亮。
你如一朵白云,
湛蓝的天空中,
画出一幅美图。
你如一团蒲草,
经历雨露风霜,
永葆坚韧顽强。
你如一朵小花,
质朴靓丽清新,
唱出生命赞歌。
你如一首小诗,
把苦与乐糅合,
写尽红尘烟火。
你对生活曾说,
把心往左放置,
爱你无悔选择。

忆同窗学友

耳畔声声传佳音，网络频频有喜来。
寻觅当年莘莘子，梦牵魂绕总徘徊。
陈圩高中十六班，历历情景心犹存。
别离已有四十载，今日建群述情怀。
相忆同窗年少时，风华正茂最可爱。
条件简陋身不厌，互帮互学心无猜。
多少趣事犹可说，洒下欢乐和精彩。
学有所得胸怀梦，施展才华向未来。
莫可觑人无是处，同学个个是英才。
各行各业显身手，成就赫赫有能耐。
光阴荏苒似流水，回首鬓丝已发白。
岁月催人事无常，阴晴圆缺切莫哀。
荣华富贵几时有，淡看世事皆尘埃。
期盼同窗共相逢，好似溪流归大海。
人生最纯同学情，一生一世难忘怀。
千般衷肠述不完，把酒高歌喜颜开。
时来得意且尽欢，夕阳无限美景在。
今生有幸同君乐，逍遥国里觅蓬莱。

我的挚友

我多想尽情地歌唱
用动听的乐律把情怀释放
可是老天没有赐予我
婉转的歌喉和音嗓
我只好拿起笔
把心中的歌用笔墨掬情流淌
如果说生命可以老去
用笔写出的文字却能生辉闪光
慢慢我才知道
上苍赐予我的是一支神奇的笔
因为一个人缺少一些什么
神灵总会给你另外弥补一些什么
山程程水程程
一路风雨一路情
笔成为我最亲爱的挚友
彼此就像揉成的泥娃娃
你中和着我　我中和着你
一路摔打一路前行

我亲爱的挚友
我们涉过千山万水
经历风雨　甘苦同尝
而今我把满腔的话儿
装溢了盛情的箩筐

那筐里都是我挚爱的心声
一筐筐一声声
声声筐筐数不清
你曾与我迎接黎明朝阳
你曾陪我熬过寒夜风霜
你曾携我赏过欢声笑语
你曾伴我领略世态炎凉
你曾牵我跳起激情之舞
你曾和我把日月星辰眺望
人生之路短暂又漫长
是你引我把心中的明灯点亮
从此你成了我吐露情感的纽带
你架起了我心灵的彩虹桥梁
你把世间书写得灿烂辉煌
字字句句都散发着馨馨墨香
我用一颗真诚的心为你颂扬
是你弥补了我生活的缺憾
是你把我鲜活的生命
挥洒得如此酣畅
我在心中默默许下诺言
海可枯石可烂
和你永世不相忘
情至深意至切
相伴一起到地老天荒

奉心歌

春风知我意，吹梦到心窝。
阳光洒山峦，金色映小屋。
门外琪花锦，遍地瑶草多。
紫气从东来，翩然有仙鹤。
犹见鸾凤嬉，五彩祥云过。
大撇撷芳桂，小捺采兰若。
倾情暖爱巢，心灵倚所托。
质如莲花洁，品似高风竹。
卿卿蕴蜜意，抒怀醉银河。
不弃红尘情，如入蓬莱阁。
举手牵白云，卧览田园色。
恬美兼飘逸，怡然惬意国。
回眸越时空，古来圣贤多。
南阳诸葛庐，西蜀子云亭。
渊明结草庚，禹锡抖陋室。
而今自逍遥，乐居阳光屋。
赋闲谈庄周，来着邀上客。
笑阅沧桑事，人生何所得。
饮酒赋长诗，同贤逐欢乐。
擎笔描彩图，起舞奉心歌。

派生歌
——贺孙儿喜诞

启言

苍穹玄妙　阴阳和合
自然造化　万物而孕
空气阳光　圣水厚土
天地恩泽　生命起源
周而复始　新生陈谢
宇宙天机　探究不尽
无穷循环　亘古不断

喜至

己亥猪年　三月初八
瑞雨天降　紫气东来
万物竞春　生机盎然
己卯辛未　良辰吉时
哇哇婴儿　喜啼而生
欲问属性　臭孩儿郎
白白胖胖　六斤八两
母子平安　康泰吉庆
全家老幼　喜上心头

捷讯飞传　亲朋好友
视频微信　恭贺相酬
吉星而降　爱称早定
大名慕韩　乳名ππ
慕韩二字　自有缘情
爷爷王姓　奶奶韩姓
父承爷姓　母也韩姓
两辈姓氏　天意巧合
爱慕相牵　传其后人
昵称叠字　ππ派派
意同音谐　寓意深远
圆圆融融　情爱无限

祈愿

生命可贵　珍爱敬畏
上苍佑之　天地共仰
十月怀胎　辛劳熬煎
父母精血　孕育而成
一朝分娩　安好平顺
曾母健在　还有爷奶
外公外婆　情之所爱
乐在眉梢　喜在心怀
后嗣有人　寄予所望
派派之路　扬帆起航
长辈期盼　唯有几愿
一愿身心　雨露滋养
幸福快乐　茁壮成长

二愿做人　忠厚善良
知书达礼　品德高尚
三愿学识　求知求新
勤奋钻研　终成栋梁
四愿孝道　感恩父母
报恩长辈　尽心尽孝
五愿修身　多学先贤
补己之短　博采众长
六愿济世　学有所成
图有所展　奉献社会
祈其愿望　盼其成就
世之正道　天必护佑

"爱心巢"，我们的家

这是一个美丽的地方
这里曾是神鸟之王
美丽的凤凰栖息之地
"厚福综合为老服务中心"就坐落在这里
这里有北国的风情　太行的雄姿
有适宜的气候　便利的交通　优美的环境
还有浓浓的人文情怀
我们沐浴在共和国和平的阳光下
蓝天任我们翱翔
大地任我们驰骋
我们快乐地工作和生活
心中感到无比的自豪和骄傲！

我们领略过春日夏风，秋叶冬雪
我们跋涉过南水北山，东麓西岭
可是有一个最难忘的日子
将永远铭刻在我们的心间
那就是——2019年12月24日
这一天　彩旗招展　群英齐集
"厚福综合为老服务中心"正式揭牌运营了
我们激情地欢呼
我们无比的欣慰
隆重喜庆的气氛中凝结着我们的心血和汗水
欢声笑语的日子里记录着我们的足迹和无悔

"厚福综合为老服务中心"
这是我们的"爱心巢"　这是我们的家
在这个温馨的大家庭里
我们的每一位员工
都携带着一颗善心、爱心、孝心
厚福为老　为老服务
我们将用一颗真诚的心践诺自己的行动
在通往人生的旅途中
人人都将踏上夕阳之路
社会的关爱　老人的期盼　子女的厚望
我们肩负着光荣而神圣的使命
我们充满了必胜的信心
我们将打造出一个为老服务的幸福乐园

这是一项爱心工程
也是一项崇高的事业
它牵连着我　牵连着你　牵连着他
牵连着安享厚福的千家万户
"老吾老以及人之老"
在为老服务这片阳光乐园里
我们将筑起爱心的巢垒
我们将付出辛勤的汗水
当我们迎来丰收的硕果时
我们可以骄傲地像奥斯特洛夫斯基说的那样：
"人生最美好的
就是在你停止生存时
也还能以你所创造的一切为人们服务"
我们将循着这样的目标前行

"爱心巢",幸福的乐园幸福的家
在庚子新春黎明的曙光
照临"厚福综合为老服务中心"之际
让我们送上心中最美的赞誉:
愿人人献出一片爱心
愿养老事业越办越好

说养老

(五言数来宝)

打起小竹板,说段数来宝。
见面讲礼貌,问声大家好!
心情美嗒嗒,开口哈哈笑。
你要细心听,听我数来宝。
五字数来宝,说说咱养老。
人生两大事,养小和养老。
谁把你养大,谁为你养老。
养小不细数,父母恩最高。
老来到暮年,谁人不忧老?

古人常哀叹,老来有谁怜。
一首老来难,经书唱千年。
养儿为防老,到老儿孙怨。
多少辛酸事,声声难述全。
代代教人好,句句肺腑言。

而今听我言,千万莫哀叹!
莫道桑榆晚,为霞尚满天。
时代在进步,社会在发展。
如今新生活,幸福又美满。
喜逢好盛世,一年胜一年。
今说咱"厚福",为老人人赞。
居家带社区,业务全拓展。

住进"厚福楼",忧愁不再见。
机构来养老,体制更完善。
设施全到位,舒适又整洁。
理疗加康复,护理加保健。
饭菜不重样,饮食顿顿鲜。
活动安排多,娱乐样样全。
通讯加网络,联系很便捷。
环境真优美,空气好新鲜。
服务如子女,老人无怨言。
领导有高招,工作有能力。
员工团结好,勤劳又敬业。
人人有爱心,个个讲奉献。
积功以累行,益寿又延年。

常言说得好,君要记心间:
爱出者爱返,福往者福来。
养老是工程,爱心把手牵。
人人献爱心,生活添美满。
永远切莫忘,"厚福"十二言:
尊老敬老爱老,尊重接纳爱他。
你我共携手,同把爱心献!

"厚福"有大爱,心中有情怀。
政策暖人心,社会齐关爱。
宗旨和理念,牢牢记心海。
热心又体贴,老人乐开怀。
处处有温暖,家人笑开颜。
送来红锦旗,锦旗绣六心:
爱心尽心舒心,称心安心放心。

赞扬加鼓励，不忘是初心。
用劲加油干，上下一盘棋。
更上一层楼，全员再努力。
放眼看明天，幸福皆欢喜。
皆欢喜！

迎 亲
（大阳小调）

今天喜事有一桩，敲锣打鼓到大阳。
欢天喜地来迎亲，俺把小调唱一唱。
大阳古镇真真好，从古至今大名扬。
如今生活大提高，处处换了新模样。
大街小巷真热闹，家家户户喜洋洋。
经济发展有规划，勤劳致富有保障。
科技信息跨大步，生活富裕奔小康。
好事多得暂不说，单把婚礼表周详。
一颗鸡蛋两头光，两颗鸡蛋成一双。
紫气东来瑞气降，喜鹊登枝报吉祥。
迎亲彩棚搭村口，鲜艳亮丽多漂亮。
家有喜事精神爽，大红喜字贴上墙。
男婚女嫁喜盆盈，鞭炮声声震天响。
气球彩楼相对映，样样置办好排场。
热热闹闹亲朋多，红红火火真亮堂。
典礼开头第一项，拜天拜地拜高堂。
夫妻对拜平等礼，交杯美酒日月长。
新郎英俊又潇洒，新娘贤惠又漂亮。
男才女貌配成对，好比鸳鸯成一双。
志同道合来携手，互敬互爱幸福长。
新人新景新气象，良辰美景好时光。
明灯高烛亮起来，欢欢喜喜入洞房。
男欢女爱乐逍遥，新人成对影成双。

来年添个胖娃娃，全家老小聚福祥。
生活美满喜事多，一年更比一年强。
婚礼赞美一小段，喜乐声声唢呐响。
大阳小调唱不完，多少新貌新风尚。
说大阳来道大阳，大阳喜事桩连桩。
桩桩件件道不尽，今后再来说端详。
祝愿家家都美满，幸福生活万年长。
万年长来万年长。

逆风前行的英雄

你曾是那样的平凡,
你曾来自平凡的岗位,
日日矻矻勤勤恳恳,
履行着一份工作责任,
走过多少个春夏秋冬,
历经多少个雨雪寒暑,
始终忠于职守默默无闻。

谁料晴天一声炸雷!
噩耗惊醒了庚子新春,
荆楚妖风泛起,
瘟疫肆虐神州大地。
国遭难　人遭殃,
多少受害者被可恶疫魔生生噬吞,
多少无辜者在痛断肝肠撕心裂肺。
疫情　疫情　疫情就是命令!
救同胞　解困危,
热血志士勇于逆行往前奔,
到武汉去!
到受灾最严重的疫区去!

就在这非常而特殊的时期,
你已摩拳擦掌暗下决心!
医者仁心　首当其冲,

使命驱使　救死扶伤，
你主动请缨参加援鄂抢险医疗队。
你是谁？你是堂堂男儿王军会，
挺身而出　奋不顾身！
你是谁？你是巾帼靓女姚玉兰，
危难时刻　勇挑重担！
不惧疫魔有大爱，
临阵方显真胸怀，
千里山川路迢迢，
勇往直前不动摇。
王台医院为你骄傲！
长平公司为你自豪！

也许你不是手举炸药的董存瑞，
也许你不是身卧铡刀的刘胡兰，
但你是冲锋在抗疫防控一线的真英雄！
因为你冲向的是没有硝烟的战场，
因为那里同样面临着伤亡和牺牲。
逆行冲锋并非草率之举，
那是你深思熟虑后的义无反顾。
你从写下请战书的那一时起，
你从剪下心爱的长发那一刻起，
心中就写下了满腔的忠诚。
那不是一张轻飘飘的纸，
那是一份沉甸甸的爱！
更是责任、道义和担当！
"我坚决服从组织的安排，
用心用情倾力圆满完成任务！"
"你真的决定要去，我支持你！"

"相信我，我会平安回来的！"
尽管你的留言没有豪言壮语，
尽管你和家人的话语平淡而温馨，
但任何人都能感觉到，
平淡的话语后面有泪水相噙。
这些绝不是虚假和作秀，
它是一种真挚情感的流露！
也是一种坚强信念的支撑！
更是一种钢铁意志的练就！
在大浪中淘沙，
金子总是闪闪发光！
这是你美的心灵和崇高品格的亮相。

是你！是你们！
是无数的热血勇士！
挺起了民族的脊梁！
我们不仅能战胜看得见的敌人！
我们还能战胜那些看不见的敌人！
同疫魔搏击，
需要万众一心筑起铁壁铜墙！
我们一定能打赢这场特殊仗！

愿你——王军会，
愿你——姚玉兰，
我们心中可敬的英雄！
践行初心不辱使命，
胸怀大爱不负众望，
展长平风姿！亮晋煤风采！
在与疫魔搏击的考验中，

出色完成援鄂艰巨任务，
凯旋双归！
为你点赞！逆风前行的英雄！

送别袁老

惊天一声炸雷
——噩耗传来
一位老人溘然长逝
霎时　天公为之哭泣
瞬间　大地为之哽咽

我仿佛看到　这位老者
手握一束饱满的稻穗
从田间地头走来
双脚沾满了泥巴
脸上挂着喜悦的笑容
这个形象凝固成了一尊雕像
高耸屹立在我的心中
这是谁？这就是——
杂交水稻之父袁隆平

一位慈祥可爱的老人
一位德高望重的老人
一位功绩卓著的老人
我们敬重的袁老
大江南北遍地嵌刻着您的足迹
华夏神州到处传颂着您的神奇

您虽然离我们而去
可此时此刻

我只想把心中的话
掏心窝地对您倾诉

您曾是那样的平凡
平凡的身影
总是湮没在稻田间
多少年风霜寒露
多少次辛劳探索
您默默做着鲜为人知的事业
其实您心中很早就种下一个心愿
古有天工开物　今人继往开来
为民造福　惠济苍生

世上只怕有心人
正是您辛勤的付出
正是您精心的探索
才取得了辉煌的佳绩
杂交水稻的研究突破
使亩产水平持续创下历史纪录
这是解决地域人口众多
实现温饱的重大举措
也是人类向自然法则的不断挑战
国人震惊　全球关注
可以说远古神农为我们找到了粮种
您为解决粮食危机为我们续写了历史

您不辞劳苦　不断攀登
一生致力于杂交水稻研发
无论是在艰难岁月
还是获得荣耀时刻

您始终脚踏大地一路前行
耄耋之年　您仍壮心不已
您曾说过
现在老百姓生活水平提高了
不光满足于吃饱　还想要吃好
我们把杂交水稻栽培技术再迈一步

一位诗人为您这样写道
您总是低着头 像一束束稻穗
照着脚下的土地
您的沉重　喂养我们健壮
……

如今您却默默离开了我们
您听　江河在为您奏乐
您看　高山在为您咏叹
您勤劳朴实的作风
您顽强拼搏的斗志
您永不止步的精神
不愧是国人的骄傲
不愧是中华的脊梁
您不朽的人生将与大地永恒

有了您前行的创举
又有后辈的传承接力
我们可以自豪地说
天下富足　禾下乘凉
您的心愿也是所有人的心愿
我们在此衷心地向您道一声
袁老　一路走好！

百灵鸟情话传说(二十首)

百灵来栖

心口这么厉害地跳
耳畔声声把信儿捎
那是什么
远方飞来了百灵鸟

牵来一抹阳光
带来一缕春风
婉转的歌喉
唤醒了春天的枝头

天空变幻着七色光芒
春风轻拂进暖暖的心房
湖水泛起欢声笑语
层层荡漾起甜蜜的涟漪

这是何方神奇之地
仙鸟翩翩从上苍降临
脚踩祥云身展翼
千年相迎共相叙

几回回痴痴梦呓

几次次携手相依
欢欣与美妙相伴
把心头的浪花卷起

七彩灯光亮起来
踏进炫舞的节拍
邀来仙侣同翩跹
共逢梦的乐园!

玉兰花赋

阳春三月,玉兰花开
一树一树,繁繁茂茂
娇艳俏丽,馨香四溢
无意争春,独显风姿

景美醉人,生机昂昂
惜哉恋哉,心触感想
犹见伊人,思慕情往
爱之珍之,不负春光

梦的锦囊

不是蓬莱阆苑　也非世外桃源
走进精神的殿堂
现实与梦相牵
那是心灵的真切体验

眼前　她姗姗而来
拾一缕花香　浸润心田
徜徉在诗情画意的天地间
缝制着一个梦的锦囊

锦囊里装着童话般的世界
一串串脚印　缀起她一个个憧憬
灿烂的朝阳　洒满那迷人的心房
一日又一日　送走晚霞又迎来曙光
用一颗真诚之心
编织着美丽与欢畅

氤氲芬芳　弥漫着智慧的书香
从现实的土壤
涅槃出美丽的凤凰
脱凡超俗　清新飘逸
她仿佛是上苍的恩赐
聪慧贤淑　乖巧伶俐
她又宛如来自心灵知己

感知而感叹　生活无处不藏美
用美的眼光　就能发现美的生活
她是美的化身
她点缀了生活的美

打开她缝制的锦囊
神奇的没有了烦恼和忧伤
有的是对美的追求和渴望
还有自由和畅想

生活多美好
世界多奇妙
天地多逍遥

看　转瞬间她飘然而至
把欢乐一起携来
那就张开双臂敞开胸怀
迎接幸福美好的时刻

来！来！来！
快把炫舞的音响点开
恰！恰！恰！
踏起那欢快的节拍
啦！啦！啦！
跳出无限别样的精彩
人生如此潇洒
何不趁机把快门按下
珍藏起这舞动的年华

靓影赞

哇！好惊喜！
宛如天上掉下个林妹妹
美艳无与伦比

看　甜甜的微笑
漾出心中美的憧憬
瞧　端庄的神情

显出女性非凡的娇美
犹如出水芙蓉
——清秀、俊丽
好似天仙玉女
——高雅、神采

是否上苍派来的天使
是否画家杰作的传世
屏气悄声欲问名
唯恐惊吓画中人
仙庭传来喜佳音
原是百灵下凡尘

美哉！
出乎其类
拔乎其萃
有谁与之可媲

兮字歌

春草蔓蔓　　晶露溥兮
有佳一人　　伶俐美兮
邂逅遇之　　适吾愿兮

玉兰盛开　　芬芳溢兮
天然丽人　　清扬婉兮
偕藏舞之　　相和悦兮

兰花吐放　娇艳俏兮
伊人来之　倾城醉兮
诗文抒怀　情盼慕兮

阳光小屋　山峦映兮
百灵飞降　罗敷羞兮
缘来携手　彩虹牵兮

中秋寄语

临近中秋，何喜何忧？
喜者自喜，忧者自忧。
仰望夜空，明月当头。
欲问青天，今夕何愁？
月圆月缺，谁知其由。
宫阙嫦娥，缓舞长袖。
吴刚奈何，孤饮桂酒。
醉卧清影，酌思其咎。
贪欢恋情，丧志何求？
纠其正念，真情存留。
振其精神，解其心忧。
敞开胸怀，携友之手。
小爱舍弃，大爱成就。
滔滔河水，滚滚东流。
一路高歌，净洗忧愁。
乐观向上，长长久久。
圆月之时，举杯共酬！

之字歌

世之之人　人之之情
非之于物　别之于脑
精之于神　神之于心
心之而交　交之而感
感之而情　情之而生
生之而爱　爱之而欲
吐之于胸　述之于怀
得之则喜　失之则伤
喜之则欢　伤之则忧
欢之则歌　忧之则思
思之则放　放之坦然
人之所欲　道之常理
效之老子　乐之自然
歉之于伊　还之于礼
携之于手　呼之于友
蹈之于形　舞之于心
修之于身　养之于性
补之己短　扬之己长
生之无憾　爱之无悔
缘之之由　心之足矣

钗头凤
——观陆游与唐琬绝世恋情有感,予"梦"

牵伊手,起炫舞,玉兰报春暖意浓。
诗抒笺,知遇缘,以文传书,挚情相悦。
念!念!念!

韶华逝,天漫雾,情盼难逾尘世俗。
时冬至,鬓飞雪,盟约铭心,有志互鉴。
惜!惜!惜!

逐梦之路

一

如果不久的某一天
会有这样一种情景:
仰望湛蓝如洗的天空
天空飘浮着洁白的云朵
云朵中透射出明媚的阳光
阳光温馨地洒满大地
大地处处绿茵绒绒
广袤的田野鲜花盛开
空气清新无比
这时一双感知的手紧紧相牵
蒙太奇般徜徉在画面中
越过雄伟壮丽的万里长城
翻过高耸云霄的喜马拉雅山

俯瞰壮观的埃菲尔铁塔
鸟瞰普罗旺斯的薰衣草田
远瞧神秘迷人的金字塔
眺尽古老的纳米布沙漠
穿望昆士兰大堡礁
淌过绵延不绝的黄金海岸
迎来壮伟奇观的冰河
聆听着加勒比海浪的阵阵涛声……
仿佛丛林与山川媲美
又有名胜与古迹辉映
更似海风与沙滩相携
真如进入童话般的伊甸园
此时一双陶醉的心
沉浸在如梦如幻的仙境中

在自由的天地里
驰骋着自我飞翔的思想
追逐着自我实现的王国
从自我实现中
体现出美丽世界的社会价值
这也许是马斯洛需求思维的解读
更是最高层次需求形象的描画

二

描画是需求最高层次的梦
梦是需求自我实现的缩写
揭开梦的面纱
寻求理想的平台
走向逐梦的幸福之路
有无数跋涉者

便可达到自我实现的需求境界

逐梦需要寻求机遇
机遇是人生的羽翼
机遇稍纵即逝
抓住机遇就搭起了羽翼的平台
梦就从平台放飞
飞翔在自我实现的天空
人生将会写下非凡的传奇经历

某一天到来之前
这也许是个预言
把预言留下
为逐梦的破解埋下一个伏笔

思想的翅膀

我想穿越时空隧道
去寻找菩提老祖
学一身绝世本领
倏然一抖可变成稚嫩孩提
高手一展可成为阳光少年
回头到青春的王国
把激情的篝火点燃
也可飞越在天伦乐园
做一个耄耋老人把风霜书写

我把时光的脚步有意拽住

我把美丽的彩虹用心架起
我把一切的美好精心存贮

让假意虚伪撕碎
让人为束缚销毁
让岁月的皱纹抚平
让满脸的沧桑消退

不要华丽的外衣
不要粉饰的装扮
留一颗纯真跳动的心
用音符敲响美妙之乐

约心灵之伴
铺锦绣之毯
启仙蓬之门
踏翩跹之舞
挥手把银河架连
畅游在天地之间

淡看红尘繁华事
浅叹丛中落寞人
邀来弥勒
开口一笑
生活的煎熬溶化
阳光向大地铺洒

思想张开腾飞的翅膀
在自由的天空中翱翔

俯瞰大千万象
遍观花开花谢
浊物在尘世之中自生自灭
思想在精神世界却会永恒

告诉未来

世间还是这样喧嚣
在这个喧嚣的世间
美丽的百灵鸟飞走了吗？
那些激起生命浪花的美好
还在汩汩的涌动吗？
十年以后，
五十年以后，
一百年以后……
世间又会是怎样的一个模样？
是否在心灵的那片神奇的天地里
还会有那个金色的山峦？
还会有那个阳光小屋？
还会有百灵鸟来此驻足？
还会有搭架纯真情盼的美丽彩虹？
……
我想这些应该会有
那可能将会是一个
比二十一世纪更美好的时代
时间会慢慢消逝
我将大胆地告诉世界
我将坦诚地告诉未来

世间唯有真情最无价
真情是世间最珍贵最美好的东西
美好的东西又总会经历风风雨雨
阳光会在
百灵鸟会在
纯洁的真情会在
那些过往
是书写美好真情的处女地
也会永远铭刻在心灵记忆
未来在续写
有梦就会有未来
真情在梦中孕育
梦是曙光来临前的希冀
未来是收获希冀的天地

情殇

曾听月老说，
情缘也有百分比，
缘深比重大，
缘浅比重小。
走进爱琴海，
浪花会述说朵朵奇遇。
你逐着一个梦，
渴望着走进他的心底；
他也逐着一个梦，
追寻着另一个他的足迹。
半掩着一扇门，

却敞开着一牖窗。
是眸中翘盼那远飞的彩凤,
还是心里渴慕美丽的神凰?
不知归巢何期,
情缘荡漾起层层涟漪。
风来闻声,
问情为何物?
答之扑朔迷离。
情困所在?
所殇是心!
心中有曲,曲曲如戏。
戏中有折,折折有奇。
戏内悲欢,戏外嗟吁。
笼中鸟,缸中鱼,
泪涟如雨。
惊艳了尘世烟云,
精彩了缤纷世纪。
情之所殇,
只是所归各异。
原来美好不是全部的拥有,
人生也有四季。
可是耳畔还常响起那支曲:
每当雪花纷纷飘落,
剪不断的习惯还是想你,
望着天空苦苦寻觅,
老天何故把情缘错系?
每当雪花纷纷飘落,
最痛的牵绊还是你,
拨出的电话又默默挂断,

不知不觉泪水飘落天际……

问心

心有千千结，
刻骨深深怨。
愿寄忘忧草，
解尔常无眠。
问心情所归，
雨霁方晴天。
兰若吐清香，
芳华溢世间。

心岸

一叶小舟
载着梦的点点思绪
划入了温馨之岸
岸上一座美丽的小屋
把心中的美好浓缩

那色彩斑斓的梦
编织着曾经的时光记忆
还有那明日的憧憬谍影

朝阳牵起深情的手
晚霞把爱意拥抱

蒙太奇叠现出暖色彩图
在四维空间里
美丽的小屋闪烁着
迷人的光芒

岁月荏苒
美好的故事续写着
小舟归入的心岸

向梦想奔跑

晨曦从东方醒来
一缕温馨的阳光
透进梦到窗台
心的沸点开始跳跃
舒展轻盈的身姿
脚步蹁跹舞起来

美好露出笑脸
阳光也把手儿牵
新的一天来到
心中装满希望
与快乐一起陪伴
向梦的地带奔跑

拥抱美好

岁月，偷走了青春和憧憬
却在下一个路口
送来了心动和美好
烟火红尘的土地上
依然生长出了琪花瑶草
兰若之美装点了缤纷世界
七彩阳光照亮了心的天地

那些个美好
你欣赏着，不是虚拟的
你触摸着，不是想象的
你感悟着，不是违愿的
懂得了享受生活
就捕捉到了美好的存在

美好就在我们身边
可以换一种思维去感受
如果把拥有所得当作一种美好
那现实拥有的东西
就是微观意义上的所得
这种所得也许是幸福的
也许兼有苦涩的滋味
而宏观意义上的拥有也是所得
这种所得比微观的更加美好
可以在美好中享受灵魂的快乐

譬如从纵向来说
你还是你,
而今天的你比昨天的你更有飞跃
美好的东西，有时候——
是化茧成蝶的升华

偶然想起一段话
美好是需要感知的
真正交换过灵魂的人
感知从来都不曾失去过
依然懂得生命中美好的意义

美好不可尽述
美好最好的诠释
应该是心灵的意会
在岁月的路途上与美好拥抱
共同走过人生的精彩

相约漫记

和你相约在龙马湖畔的清晨
沐浴着一缕和煦的阳光
呼吸着雨后清新的空气
饱览着湖光山色的秀美
温暖款款在心中流淌

和你相约在南洋花城的夜晚
漫步在绿茵茵的小道

微风拂去白昼的疲惫
在太极悠扬的音律中
享受那行云流水般心灵感悟

和你相约在植物园的金秋
看一看秋日秋风秋光
听一听秋声秋思秋情
伴着轻轻飘洒的落叶
体悟着那种秋韵之美

和你相约在吕祖坛的街巷
浏览红色历史的足迹
领略光辉岁月的荣耀
感叹无比幸福的生活
留一段剪影在温馨的朝晖里

和你相约在时光的隧道
掂一阕唐诗宋词
裹一袭繁华红尘
畅怀走过的一串串足迹
沉醉在美妙的精神乐园
……

丹河怀秋

勾勒一幅图画
记住这个深秋
凤栖湖畔那一缕晨光

欢洒进心田
温馨如那小溪
款款淌漾开去……

鱼鳞坝水腾曦紫
疑似女娲浴仙池
是谁牵来前生缘？
独恋此处无忧天
丹河湿地来个相约
潺潺流水能解千千结

秋色满天水光潋滟
霜叶凝红情意正浓
走过如歌岁月
留一帧倩影
那是怀秋最美的佐证

记住一首歌

记得你谱过一支曲
浪漫而温馨
记得我写过一首歌
阳光而欢乐
这是最美的组合
打开倾听的心窝
优美的旋律
从一座小屋弹出
那是春风飘逸的舞姿

那是夏雨喷吐的情丝
那是秋叶归宿的心语
那是冬雪挥洒的天地
画面如岁月迭现
或一声寒暖
或一线相喧
或一句祝福
或一屏相传
宛若激荡跳动的心弦
犹如流淌不息的小河
尽把人生的美好编织
雎鸠关关和鸣
悦耳声声相应
这是一首深情之歌
这是一首心声之歌
它的歌名就叫
——《阳光小屋》
记住这首歌
直至生命的枯萎
直至宇宙消弥那一刻

最纯的情话

追寻

生存是一种本能
超越本能的是思想
思想是一粒种子
种子生长出一双

神奇的翅膀
飞翔，飞翔
去追寻甜美的梦想
前行的路上
当印记鸿雁双双
生活其实就像一幅图画
五彩缤纷是应有的模样
捧出一颗心
呼唤一片情
那是爱恋的斯响
你在何方？你在何方？
风吹皆是我声
雨洒皆是我情
盼了你那么久
梦了你那么长
……

挚爱

情缘是一束火花
那是思想的碰撞
生命的河流
泛起了激情波浪
从此美好神秘地诞生
心灵的花朵鲜艳而芬芳
你姗姗而来——
踏着歌声
携着美好
世界都变了样
欢乐洒满心窝

生活充满阳光
朝夕烟火中
你高洁如莲的品格
展露着人性的光芒
你是脑海嵌刻的唯一
总使人铭心难忘

境界

红尘的味道
有苦也有甜
踩着现实的土壤
心中升腾起希望
真情编织美好
乐观消忧化凡
小我描绘生活
大我彰显境界
有微瑕而化
有大益而扬
善乐温暖心灵的天地
阳光照亮思想的天堂
在人生最美的季节
把最美的精彩展现
如此这些
都因有你而精进
都因有你而升华
我想说——
今生遇到你真好
这也许是汉语最纯的语言
这也许是世上最纯的情话

人间最美是真情（后记）

伏案笔耕，苦乐相伴，一腔挚爱，春秋作答。

当我提笔写下"人间最美是真情"就要作结的时候，一种依依惜别之情油然而生，思绪万千，久久难于平静。偶然间脑际闪现出张俊以的一首著名歌词《真情永远》，叩开了我情愫的话匣。

这也是一首早已传唱于大江南北的流行歌曲，我们不妨先打开手机聆听和感受一下它优美动听的旋律和韵味，随之再叙衷情。

《真情永远》

说相聚　相聚情依依　重逢的爱在春季
那祝福　那情怀　都融在明月春风里
说相聚　相聚情依依　重逢的人在春季
那段情　那份爱　都留在春天记忆里
说相聚　相聚情依依　人间真情化春雨
天易老　情未了　真情永远不分离

余音缭绕，陶醉其中。沉思回首，写下自己的一点感触。

人，每天都生活在情感之中，语言和歌曲是情感交流的工具，文字是抒发和记录情感的文明载体。有位作家说过：用口说出的话随风飘散，用笔写下的字永不磨灭。我就用情感的温度让文字成为我们最亲近的媒妁吧。

情感最可贵的是真情，真情是能够感知感染的，真情是心中永不枯萎的花朵。用饱含真情的散文和诗词串缀起的《撇捺人生》，就像一颗颗耀眼发光的珍珠，把生活呈现的熠熠闪亮。亲情、友情、乡情；励志、倾慕、人性；景色、风物、小调；老幼、家国、梦想；痛责、怜惜、褒扬；探讨、辩驳、向往……篇篇牵于心，首首系于情，使人能够感知到情缘谊深之切，思乡梦萦之浓，秀色揽怀之美，人性一瞥之澈，勤业铭心之真，佳丽掠影之醉，思海浪花之爱，诗韵园地之恋。这些犹如一桌丰盛的精神佳肴，尽可享受一顿美味大餐。

一撇一捺，构建起人字的框架；有舍有得，彰显生命的价值。书中所述或许能折射出你世界中的一些缩影，或许有我们对人生的一些相同感悟。这是我一直以来所希望得到的一点心灵慰藉。

细细品尝书中滋味，实质是为我们生活中蕴含的真情添了一把佐料而已。

其实，生活的味道有苦有甜，用真情表露人生的美好，是因为生活中还有那么多的不美好伴随左右。那些假的、恶的、丑的东西总让我们时时感受到身心的痛苦和情感的折磨。譬如生活中的琐碎烦忧、病痛缠身、囧事伤心、无奈违愿、利欲熏心、尔虞我诈、无端人祸、瘟疫天灾等等，面对生活中的诸多无情，悲观主义者总是哀叹厌世，乐观主义者而是在一次次过滤掉那些痛楚和烦忧后，还能张开双臂去拥抱这个世界，并显示出不畏痛苦而又赋予赞歌的一种豁达胸襟。如果没有经过严冬的煎熬，谁又知道春天的温暖；如果没有经过暴雨的蹂躏，谁又知道雨霁彩虹的艳丽；如果没有经过人生的坎坷，谁又知道生活的甜蜜美好。人间自有真情在，真情温暖着我们的心，真情给我们带来对生活的憧憬和希望。

如何更好地用文字表露情感，如何更好地用真情去讴歌生活的美好，这是我人生以来一直坚持不懈的追求，也是我爱好文学、用文字的力量去呼喊真善美的存在之动力源泉。

五千年中华文明，书写着一篇篇真情杰作。《淮南子·本经训》记载："昔者仓颉作书，而天雨粟，鬼夜哭。"可见真情渗透在文字的字里行间，寥寥数字的描述就能在书写者与阅读者之间架起一座无形的心之桥。娓娓道来能够温暖人心，激情澎湃让人备受鼓舞，蕴含哲理能够引人深思，震撼心灵让人不禁落泪。真情牵引着我们的思绪插上了想象的翅膀，带我们进入了用妙笔精心构建与编织的文学世界，让我们在知识与思想的天空中翱翔。

博大精深的传统文化丰富着我的精神世界，诗词歌赋、名文典著滋润着我的心田，让我感悟着那些四季轮回之美丽，日月流转之精彩，山川大海之壮阔，撇捺人生之跌宕，忧国忧民之情怀……这些都激励着我去挖掘、去探索、去抒发生活中蕴藏的真情和美好，这就是文学的魅力！

文学的殿堂富丽堂皇，我把心中的真情用双手虔诚奉上。可以说《撇捺人生》的后记不是结尾，只能算是我跋涉在文学之路上的一个驿站。我曾为自己写过一句自勉的话：不以己忧思予人，忍化；以人之真情暖心，容大。我深知自己的学识水平比较浅显，文学功底不算深厚，仍需努力进取，振奋前进。我会不断总结不足，虚心学习，迎着阳光，鼓足风帆，拥抱真情，向着更加美好的未来飞扬！